我们连孤独都
不曾拥有

七毛 著

九州出版社
JIUZHOUPRESS

图书在版编目（CIP）数据

我们连孤独都不曾拥有 / 七毛著 . — 北京 : 九州出版社 , 2017.7
ISBN 978-7-5108-5605-1

Ⅰ . ①我… Ⅱ . ①七… Ⅲ . ①短篇小说－小说集－中国－当代Ⅳ . ① I247.7

中国版本图书馆 CIP 数据核字 (2017) 第 165575 号

我们连孤独都不曾拥有

作　　者　七毛　著
出版发行　九州出版社
地　　址　北京市西城区阜外大街甲 35 号（100037）
发行电话　(010)68992190/3/5/6
网　　址　www.jiuzhoupress.com
电子信箱　jiuzhou@jiuzhoupress.com
印　　刷　北京慧美印刷有限公司
开　　本　710 毫米 ×1000 毫米　32 开
印　　张　8.25
字　　数　184 千字
版　　次　2017 年 8 月第 1 版
印　　次　2017 年 8 月第 1 次印刷
书　　号　ISBN 978-7-5108-5605-1
定　　价　39.80 元

自序

你有没有遇到这样的时刻，不知道为什么，突然一种情绪上来，会做一些反常的举动。

比如我早上挤地铁上班，走到宜山路站，正要换 9 号线到漕河泾。宜山路是最难走（没有之一）的站点。走路，不停走路。转弯，不断转弯。爬楼梯，上上下下五个楼梯。

换乘时，两拨人紧贴墙壁，向着相反的方向前进。左抬头能看到雾霾天，右转身能看到人群。所有人都在走着、赶着，为了打上一个不迟到的卡，我也跟在里面。那个上班点，像是生活唯一的目的，桎梏着所有乘客。

只是一个平常的早晨，不知为何，躲在人群中移动的时候，我的眼泪突然就出来了。我当时很想哭出声。我到底在干什么？真的喜欢这种生活吗？没敢细想，赶紧让自己跑起来。

我在文章里写过：有时候会想，25 岁了，我可能一辈子就这样了，但更多时候我会想起那句：我才 25 岁，我可以成为一切想成为的人。

很抱歉，我都快 30 岁了，也还是不知道自己究竟要成为什么样的人。以前想“有趣”，后来想“酷”，但无论是哪种，都不像真的我。

如果不用考虑谋生这件事，我最想去做什么？我坚信对这个问题的回答，才是真正的我。答案很简单，这么多年一直没变：给我更多的时间读书、写字。

只有读书才能让我有安全感，只有写字才能给我存在感。现在想来，活这么大最开心的时候，就是每天泡在图书馆的大学时代。

毕业这几年，在上海找过几份工作糊口。每天醒来，跟往日一样，起床、洗漱、坐地铁、打卡、上班、下班。在白天，努力做一个有趣且酷的大人。晚上八九点到家，往沙发上一坐，打开电脑，敲着前晚还没完成的小说。

夜深时，小区静下来，我看向黑漆漆的窗外，夜深沉如死寂，只有我笔下的人物是鲜活的。

所以，特别希望夜能长一点。

对我而言，写作这一年多来，最大的困难不是没时间写，也不是不知道写什么，是我总觉得自己写得太烂。到现在我依然不能用文字很好地表达自己的观点。

后来我释怀了，写得不好没关系，一定要坚持写。写下去，要么更烂，要么更好。不写，就永远只能这么烂了。

写作是一件孤独又强大的事，我把自己安置在一个情境里，按照自己对世界的理解，输出自己的价值观。有时候被理解，有时候被唾弃。我一次次反思：是这样吗？为什么不是？是他们太肤浅！终究是我太幼稚了！

就这样反复挣扎了好几年。只要动笔写字，我总会为了认知问题跟自己较劲。我想，下笔时有所畏惧，才能写出更强大更长久的文字。

比较幸运，写了半年不到，二十多家出版社来找我出书，短中长篇小说、散文随笔都有。但我面对每个编辑和读者，依旧心虚得很。

这本书写了一年多，除了对外发布过的四万字，我又加了八万字新文。所有小说的构思几乎都是在白天完成的。坐地铁时、走路时、吃饭时，或是在冗长的会议上，突然冒出一个想法，就赶紧记录下来。晚上下班到家，赶紧动笔。写好了初稿，我又改了四遍，反复打磨，才终于完成了这本书。

我记得交稿的那天，清明节刚过，天气还有点冷。我拉开窗帘，打开窗户，天已经亮了。小区东面的太阳刚刚升起，那是我在上海第一次看到日出。它又圆又大，出现在我的面前，离我很近很近，又越来越远。此时我意识到写书的生活告一段落了，另一种未知的生活就要开始了。一种难以抑制的悲伤情绪吞噬着我，让我在那个早晨终于大哭了一场。

如果有一天，我能在文字上取得一点成绩，那我要谢自己，谢我对文字还保留着一丝敬畏，以及一种孤勇的忠诚。

如果我对写作还有所追求，大概有一天，我可以大大方方地跟别人介绍我是一名“作家”，而不再是“作者”。

“家”这个字，还可以让我努力很多年。

七毛

2017.5.25

目 录

Contents

第一章｜说不清的情事

第一章｜说不清的情事

+

001

分 手 //002

11 号线的爱情 //014

爱与不爱 //023

今晚一起吃饭吧 //031

第二章｜回不去的故乡

+

045

故乡二三事 //046

生日礼物 //054

阿爸的自行车 //061

寻　找 //070

弃　爷 //085

没用的桂荣 //096

三姐小事 //122

串　门 //141

第三章｜无解的人生

+

151

众生永寂 //152

上海租房记 //162

54 号楼的老太 //182

独居房东 //187

弱　者 //193

第四章｜消逝的青春

+

203

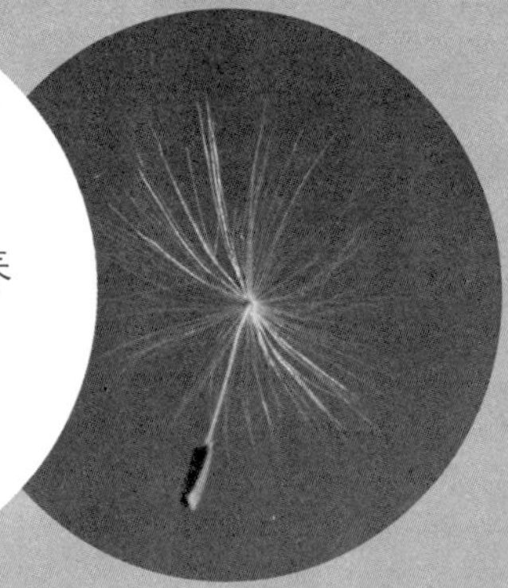

少女书琴 //204

只是暗恋 //214

再见初恋 //218

排挤吴丽丽 //225

跨　年 //238

男同学死了 //245

第一章

说不清的情事

We do not even have the loneliness

分 手

01

“饿。”

发完这条状态 3 小时后，我就成了杨哥的女友。

他把饥肠辘辘的我叫出宿舍楼，问我：“想吃什么？”

“糊汤粉。”我脱口而出，眼巴巴地望着他。

杨哥紧皱眉头，但还是立马揪着我直奔司门口户部巷。

两天没吃东西的我，一脸生无可恋的我，在一碗飘着鲜美鱼香味的糊汤粉面前，现了原形。

我口含米线，感激涕零地问：“杨哥，你怎么不吃啊？”

杨哥顿了顿，抬头望天，又盯着我说：“哥只有 10 元钱。”

我差点噎住，吸了吸鼻涕，说了句：“哥，我身无分文，你若不嫌弃，我只能以身相许了。”

“好！”杨哥眼睛一亮，笑开了花。

热气腾腾中，我红了眼眶，杨哥那张好看的脸渐渐模糊起来。

杂乱的店铺里，我们用筷子夹起饱蘸鱼汤的热油条，趁热送进嘴里，那种鲜香和酥软的口感，很多年都忘不掉。

02

2010 年 4 月，我们大三，读大学的第 3 个年头。

那段日子我真的太穷了，吃了上顿没下顿。

说来心酸又励志，读大学起，我就没花过家里一分钱。“一贫如洗”“三餐不继”“家徒四壁”，这些词语大概都是为我量身打造的。

北方小镇的老家中，我妈常年体弱多病，吃了几十年药。我硬是给自己申请了四年助学贷款，周末也不闲着，风风火火到处找兼职，发传单、摆地摊、做家教、当服务员，比我们校长还忙。

杨哥，我们这所不知名学校的不知名学霸，低调寡言。在我弄丢 800 元生活费的第三天，用他那个月仅剩的 10 元钱解救了我。

我一直觉得，世上最好听的 3 个字，绝对不是“我爱你”，而是“有我在”“别饿着”“多吃点”。好的爱情从来不用说，用做的。

跟杨哥相识于自习室，一有空我就去自习，要不是那天他向我借英语课本，两年下来我都不知道后面坐着他。

我们自然而然走到了一起，没有什么风花雪月的浪漫。

杨哥大四时已经开始在外面接项目，从来不用为生活费和明天担忧。而我，一个文弱的穷酸文科女，找工作屡屡碰壁，在拥挤的招聘会现场被挤得找不到方向。

“杨哥，我太穷了，什么都没有。”

“我也是。”

“你怕吗？”

“现在有你了，一切都会有的。”

03

2011 年 6 月，拍完毕业照的第二天，我就跟杨哥坐了 12 小时的火车硬座，风尘仆仆地从武汉奔向上海。杨哥不顾父母反对决定毕业来上海，打算跟着学长一起创业，正好我也有个面试。

上海每天都有人来，也有人走。从上海火车站出来，杨哥提着一大包行李走在我前面，周围霓虹闪耀，夜上海迎来了一千万外地人中最普通的两个。

“小七，你快点啊。”杨哥转身，眼带笑意向我招手。

“好，我来了。”我提着行李箱，加快了脚步。

车水马龙的喧嚣，敌不过此刻的有你真好。

我跟杨哥辗转在长宁租了个隔断间，距离地铁口 2 千米。租房合同付一押一，只好一次性忍痛交了 2000 元。交完房租，我们全身上下只剩 215 元钱。坐在不足 5 平方米的房间，我跟杨哥长时间沉默。

过道逼仄，灯光昏暗，房间密不透风，一张不足一米宽的床、一个柜子和一张小桌子，就把房间塞满了。唉，原来真的毕业了啊！第一次有了这种可怕的感觉。

隔断间聚集着全国各地的外地人，有我们这样刚毕业的情侣，有卖麻辣烫的一对年轻夫妻，有一对总是把音响开到很大的基友，还有一些愁云满面的单身男女。大家各忙各的，从不交流。

每天，我要跟十多个人抢马桶，排队刷牙、洗澡、洗衣服。马桶一堵，恶臭熏天。

糟糕的隔声最让我崩溃，连隔壁咳嗽声、翻个身的声音都能听得一清二楚。那些日子，我每晚在杨哥的轻鼾声中，听着隔壁情侣的嬉笑怒骂失眠到深夜。对着黑暗的墙，想着微不足道的理想。

早上杨哥起床拉肚子，蹲在里面二十多分钟，隔壁一个男生敲着门怒骂："便秘还是死了？能快点吗？"

一向处变不惊的杨哥，那天脸色阴沉。

"没事啦，有得住总比没得住好！"我对着杨哥嘿嘿笑。

"委屈你了，等赚钱了咱们搬个大房子。"

"跟你在一起，什么都好。"

04

我的面试很顺利，就是薪水太低：试用期每月 2500 元，转正后 3200 元，偶尔会有奖金。刚毕业，慢慢来，先到大平台学点东西，工资是其次。我给自己脑补了几天鸡汤，就正式入了职。

杨哥进入学长的公司参与项目，工资是我的两倍，每天朝九晚九，回到家已是深夜。我也是。

我们当时最大的难题，是如何把这200元钱撑到发工资那天。

十几块钱的外卖肯定是吃不起了。还好天无绝人之路，隔壁男生扔给我们一个小电饭锅，拍拍屁股回老家了。我一激动让杨哥赶紧到超市扛一小口袋米回来，米香味每天飘满房间。

我们中午吃着米饭，就着榨菜，躲在格子间勉强度日。晚上就喝燕麦片，杨哥喝不习惯，我给他买了一袋糖，他也喝得津津有味，但还是很饿很饿很饿啊。

我昏昏沉沉中被杨哥推醒："面包，酸奶，是不是你偷来的？"

杨哥扑哧一笑："公司发的。"

"哪个公司发这个？不信！"我满是怀疑。

"没事，正好路过，献血时送的。"

我心咯噔一下，眼泪哗啦哗啦往下掉，边吃边哭："杨哥，我他妈这是在喝你的血啊！"

"放心，哥肾还在。"杨哥像个孩子样笑我。

我呜呜呜呜哭得更厉害了。

到最后几日弹尽粮绝，我俩干脆就喝水，一饿起来，就咕噜咕噜一碗水下肚，然后立马躺在床上不敢动。

"杨哥，要是能来一碗糊汤粉就好了。"

"是啊，放点辣椒，再泡根油条。"

"杨哥，突然好想武汉啊！"

"是啊，去江滩，去东湖。"

我们就这样有一搭没一搭说上半天，睡意昏沉就抱着彼此睡过去。

这张不足一米宽的床有一块板塌陷，住进来当天我就让房东换，眼看着快一个月了都没动静。为了避开那个破洞，我俩只能抱在一起挪到最墙角。

那时候我们最穷，却在深夜抱得最紧。

05

当时什么都顾不上，只想租好点的房子，我们努力攒钱，加班加班还是加班。每晚我跟杨哥敲着电脑入睡，他查资料，我写稿子。别人房间啪啪啪，我们的键盘也啪啪啪。

半年后，我们搬到了徐汇区两居室的老公房，跟一对情侣合租。我跟杨哥兴奋地跑去买各种东西。

第一次，终于在房间里添置了落地镜、书架、衣帽架、地毯，贴了墙纸，挂起了照片墙，在阳台摆上花草盆栽。开始认真做饭烧菜，我们尽量不吃荤菜，一个月能省下不少钱。为了省地铁费，我们买了辆二手自行车，每天来回骑行十几千米。

2012 年，我们过得清贫又自在。周末偶尔出去吃顿好的、看场电影，或者去图书馆看看书，消磨一个下午。

杨哥每次发工资，都要请我吃一顿火锅。他又恢复了往日轻松的神气。

“杨哥，你为什么对我这么好？”

“你长得好看。”

“这个我知道，不算。”

“你又瘦了，多吃点。”

“我很能吃的，小心被我吃穷呀！”

“没事，让你吃一辈子！”

不知道是火锅太辣还是太辣，吃着吃着我的眼泪就被呛下来。

06

没有谁的人生是一帆风顺的，爱情也是。

上海房价涨一涨，我们心脏抖三抖。意料之中，房东给我们涨房租了。一个月加了 800 元，我们一合计，不划算，30 岁前要省钱攒首付，搬家吧！

在上海找房是场艰难的争夺战，一小时前发布的信息，两小时后房子就能被抢掉。

搬家那天，耳机里正好听到宋胖子《斑马》里那句“我要卖掉我的房子，浪迹天涯”，把我的心听得一颤一颤的。怎么？有房子就好好待着，浪什么浪哟真是！

2013 年，股市有所回暖，大涨了一段时间，我们身边同事都在炒股，杨哥也开始琢磨投点钱进去，他把这两年攒下的几万元全部放进去。我对股票不懂，劝他还是见好就收。

他一脸兴奋：“现在一周就能赚到大半年房租了。”

我也没法，只能由着他。接下来大盘跌得我跟杨哥大眼瞪小眼，四眼泪汪汪。完了。

没想到，此后事情更糟。杨哥已经3个月没有发工资了。那几年，多少创业公司崛起，就有多少倍的创业公司倒下。他那段时间常常通宵加班，回来倒头就睡。

看他这个样子，我每天战战兢兢。我告诉自己，要振作啊，老子可不能倒下，不能没了经济来源。杨哥养我一场，现在我要好好养他。

我白天在公司上班，晚上回来写软文、小说到凌晨两三点，每天眼睛肿成熊样。虽然稿费很低，但总比没有好。我心想：写完这几篇稿子，这周饭钱就有着落了，于是就写啊写啊写啊。

杨哥那时很有挫败感，终日闷闷不乐。

本以为靠着我能挺一段时间，可我脑袋一热，就把工作丢了。

我的新领导在反锁的办公室里对我动手动脚的那刻，我终于爆发了。算了，为了5000元不到的月薪，我干吗在这种贱人手下糟蹋自己，老子不干了！领导怒吼："滚！赶紧滚！"

上了回家的地铁，我就后悔了，加上连续一个月来无休止熬夜和无规律饮食，肚子突然疼痛难耐直冒冷汗。

晚高峰的地铁挤满了人，我扶着把手不敢坐下，这个连蹲着都要被拍照的上海，我直接一屁股坐在地上，大概会红遍全中国吧。

迷迷糊糊摸到家里，躺到床上就睡着了。

来上海这两年，我第一次觉得累。

等我醒来，被杨哥的臂膀包围着，他拥着我，昏暗的灯光照在他憔悴的脸上，空气让人心安温暖。

"杨哥，我们来上海是为什么？"

“生活。”

“你累吗？”

“累，但没办法。”

07

一个月后，我们各自找到工作。杨哥在杨浦，我在闵行。相距30千米的我们，只得分开住。

灯火辉煌的地铁口，杨哥在前面拎着行李箱。跟初来上海在火车站时不同，他的身子消瘦了很多，背影更加落寞。

我提着行李袋的手在发抖，太沉了太沉了。

满是名车豪宅的灯红酒绿里，我们拎着大袋子，失魂落魄，像逃荒而来的流民，跟这个城市格格不入。本来，我们也没融入。

我突然心慌起来，没有安全感。

人的心理防线，在一瞬间就能崩溃瓦解。

上海很大，我们很小。我们走得很慢，这次杨哥没有让我快点。两年了，我们还是我们，也不再是我们。

工作日我们各忙各的，周末就待在一起。有时周末加班，我们半个月甚至一个月才能见上一次。我开始习惯一个人的生活，学生时代独来独往的日子又回来了。

没日没夜加班的我，终于在新公司得到赏识，开始升职加薪。

不知道是真的忙，还是为了忙而忙。我们的话越来越少。只是杨哥会主动给我电话，让我多吃点、早点睡，问我钱还够用吗？

我吃着加班的便当，嘴里全是嗯嗯嗯都好。

08

2014 年 9 月，杨哥的父亲突然被送到医院抢救，他连夜回了西安老家，我赶紧打了几万元过去。

两周后杨哥打电话给我，语气低沉："怎么办，我妈只有我一人了。"

"我知道了，你好好照顾她。"眼泪在眼眶打转。

"你来吗？"几乎是带着恳求的语气。

我憋了几分钟，终于说出："杨哥，我快 28 岁了，穷怕了。"

杨哥沉默良久，几乎哽咽："对不起，没能好好养你。"

"很好了……很好了……已经很好了啊。"

我挂了电话，躲在公司卫生间，泣不成声，心被掏空了一样。

杨哥走了，回老家了，再也不回来了。

我去给杨哥退房，他的房间东西不多。

我们来上海第一个月开始用的电饭锅。每天靠着它煮米饭配着榨菜度日。杨哥说那段日子最苦，我不觉得，最苦的日子我也不记得了。

我们搬到两居室后在宜家买的电脑桌。一到周末，杨哥就把速度卡到掉渣的电脑放在上面，下载一部电影。我俩戴着耳机，窝在床上，搂在一起看到沉沉入睡。

我们在网上买了烤面包机。每天烤上两片面包蘸着花生酱、番茄酱吃得心花怒放。杨哥说我嘴上的酱汁没擦掉，我说是吗，在哪儿？然后他会突然亲上来。

我们刚来上海买的脸盆也还在，搬了几次家都没扔。记得那会儿我忙得 5 天没洗头，第二天要见客户，我们当时穷得连 20 元的洗发水都不敢买。我看到一袋洗衣粉，二话没说就往头上撒，一头扎进脸盆里。杨哥那晚在门外坐了一宿。

我们用过的东西，都还在。

只是我们，早已不在了。

09

回到西安的杨哥，生活慢慢安定下来。

我的工作步入正轨，一个人也租得起稍微好点的房子。但我明白，我也会离开上海的，可能明天，可能 5 年、10 年后。

奋斗几十年，还不知道能不能买得起一个厕所。随便吧，不想了。

2016 年年初，杨哥的室友老章跟我说，杨哥要结婚了。

我听到这个消息，不知道说什么好。关掉手机，挤进人来人往的地铁，脑袋里想的全是昨晚还没通过的策划案。

上海这个城市，人太多了，每个人都有故事，每个人都很脆弱。可没有什么，能比挤上高峰期地铁，更让人欣慰的。

我妈常跟我念叨："你也老大不小了，该回来找个人结婚了。"

我说："好呀好呀，春节就带回去，胡歌还是霍建华，您先决定好。"说着说着眼泪哗哗流。年纪大了，泪点也变低了。

春节杨哥举行婚礼，我躲在老家哪儿都不想去。

后来老章跟我说："结婚那天，杨哥喝得烂醉，哭着闹着要到上海吃糊汤粉，你说上海怎么会有糊汤粉呢？"

是啊，上海没有糊汤粉。

武汉有，我们大三那年的武汉有。

We do not even have the loneliness

11 号线的爱情

01

我们不认识，甚至没说过话。我想你应该不记得，12 月 20 日那天，跟往常一样，我挤上了早上 8 点 20 分的 11 号线地铁。上海早晨阴冷的冬风像刀子一样割着我的脸，一出家门，我这迎风落泪流鼻涕的毛病又犯了。

然而今天，我忘带纸了。

我拖着两行鼻涕跑进车厢，门正好关上。毕竟很丢人，我小心翼翼地吸进吸出，生怕被挤在旁边的人发觉。眼睛湿湿的，有点看不清前方。我很难受，还有 10 站路，还有半小时才能到公司。

忍了两三分钟到了下一站，突然涌进一批人，空间更加狭小，我被挤到门边的扶手旁，前面挤一个，后面站一个，互相推搡，没法动弹。

就在此刻，有人踩了我的脚尖。疼，我啊地叫出了声。为了不引人注意，我尽量压低分贝。怎么没动静？我抬头搜索肇事者，没人看我，四周是一张张冷漠的脸。

算了，我在心里冷笑一声。来上海这几年，早就习惯高峰期的地铁，看到的全是生无可恋的脸。就像此刻玻璃中那个没法动弹的我，疲惫、绝望、隐忍，我看着自己，再次吸着鼻涕，孤独涌上心头。

真的是再也没有什么比在人群中感到孤独更可怕了。

“给。”

我的胳膊肘被谁轻轻碰了一下，听到一个清脆利索的男声。转过头，看到递着纸巾的你。愣了一下，我这一把鼻涕一把泪的，你是不是以为我在哭？那一刻，我脸红红的，穿过熙攘的人群，只看到你。

你长得很好看，是我喜欢的那种浓眉大眼的男生。你穿着一件蓝色短款棉袄，里面配白色卫衣，围着一条黑色的毛绒围巾，比我高很多。你眼神清澈，看着我。我不敢正视你。

你递过来的纸巾，让我的鼻涕突然不争气要涌下来，我迅速接过来，低头简单擦拭几次，完了把纸巾塞到包里。待我抬头找你，你已经走到对面车门倚在玻璃上，也没看我，仿佛刚才给我纸巾的不是你。

人群把我们隔开，我感觉跟你隔着两个世界，我还没来得及跟你说声谢谢。

接下来，我一直用余光打量你。你站在那头，有着好看的侧脸和温顺善意的神态。我就这样痴痴地盯着你，直到你下车。

江苏路站，我记住了。

02

没想到，第二天，我刚上地铁就看到你了。

你说命运是不是很神奇。我们每天都会面临各种选择，今天穿什么，中午吃哪种菜，走进哪节车厢，多看哪个人几眼。可是，我们竟然能连续两个早上遇见。

不，是我遇见你。

等到乘客少了许多，空间也富余起来，你掏出一本书，我看了下，那是契诃夫的短篇小说集。我喜欢契诃夫，这本我也看过，冥冥之中，好像跟你更贴近了一些。

你低下头，在这嘈杂的地铁里开始认真翻看起来，你已经看了三分之二，我想你应该看到《伯爵夫人》或是《太太们》那篇了。此刻你是不是也在敬佩契诃夫的毒舌与机智呢？

你站在玻璃门口，空调的热风吹过你的发梢，我看着你，想起岩井俊二电影里，手捧着书站在窗户边的藤井树。我的心跟着你飘远了。

“江苏路站，到了。”唉，你下车了。

你把书放到包里，在门打开的那一刻，紧跟着人群出了门，我往外面挤了挤，看着你上了扶梯，直到你背影消失的那一刻。高高的个头，健硕的身体，离我越来越远。你始终没有回头。

这一天，我脑海里想的全是你。

我上班的时候想你，开会的时候想你，就连中午休息时躺在办公桌上想的也是你。想着你看我的清澈眼神，想着你认真翻书的模样，想着你离开时那高大的背影。

我想我是喜欢上你了。

03

第三天，我提前半小时起了床。

自从上次分手两年来，我还是第一次对起床、对上班、对早上的太阳有了期待。今天，我决定认真化个妆。

我看着镜子中的自己，略施粉黛。眉毛是昨晚临睡前修的，眼线也练习了很多遍，选了最大方得休的口红色，涂了点腮红，看着年轻了好几岁。

我特地挑了件卡其色大衣，配上贝雷帽，穿上闲置在鞋柜很久的黑色高跟鞋，也不算很高，我还能轻松驾驭。出门前又照了次镜子。舒服、精神、漂亮，万无一失。

从进地铁检票口那刻起，我的心率就错乱了，我知道自己在紧张什么。下了扶梯，我决定跟昨天一样，从扶梯口第二个车门上车。这样就能遇到你。

3 分钟后，8 点 20 分的 11 号线出现了。我知道，你来了。

屏蔽门打开，我进去，人还不算多。才两秒，整个车厢都被我的眼睛搜索个遍。我在找你，而你正好在。

你手捧着书，站在地铁两节车厢交界处，很稳，根本不需要扶手。我慢慢往你那边挪了下，在距离你一米的位置停下来，扑通扑通的心脏让我不敢再向前。

你用细长的手指翻着书页，还是那本契诃夫，还有三四十页。我想昨晚你肯定看到很晚，我看到你眼睛下的眼袋，你显得有点疲惫。

车厢内一片静默。没有人说话。这时，你的电话响起来了。

“喂。”你轻轻接起电话，声音温柔又好听。

“嗯，做好了，等会儿到公司发你。”你说完挂了电话。

你不紧不慢，态度和善。我被你的优雅从容吸引。

我的意志慢慢失控，我抬头看你。撞上你的眼睛，而你，也在看我，眼睛深邃，像口井。我迅速低下头，局促不安。

“江苏路站，到了。”唉，我有些不舍。你再次把书收到包里，然后抬头，我立马把脸朝向一边，怕你发现。我不知道，你有没有多看我一眼。

你无意中的匆匆一瞥，把我的伪装打回原形。

04

第四天，我差点疯掉。

从我上车那刻起，你就一直盯着书，没抬头看我一眼，这让我有点失望。我期待昨天像井一样深邃的眼神再次袭击我。

好在下一站，跟往常一样挤进了很多人，纷扰的人群把我挤得往后退了好几步，我终于有理由站到你旁边了。

前面一个矮胖女人被推挤得很不舒服，蓦地她一个大动作把后面的我一推，我就这样“被迫”贴在了你的身上。

几乎是下意识地头皮发麻、心跳加速、脸部发烫，我想我此刻脸一定红透了，不敢抬头。

靠近你，除了眼睛，我全身上下都在看你。

曾经无数次幻想过跟喜欢的人抱在一起是什么感觉，几年了，我都快忘记前任拥抱的温度了。但今天，我压抑的感情突然被你唤醒，喷薄而出一发不可收拾。

是我自己挤到你的跟前，扑到你的怀里，一头栽进你的命运里。茨威格说得没错，世界上没有什么东西，可以比得上一个女人暗中怀有的不为人所觉察的爱情。

我想要跟你靠得更近。

我贴着你，你贴着我。我没动，你也没动。我不知道你在想什么，我也不敢想。可能是被挤得难受，你把书收了起来，并把身体往后挪了挪。我有点失望。

一站站下来，人群散去。我不敢再靠近你，我离你越来越远。

你掏出书，已经换了一本卡夫卡。我不得不再次佩服你的品位，连看书都跟我一致。你一脸淡然继续读起来，一会儿皱着眉，一会儿舒展着脸微笑。我的眼睛一刻都没离开你。

你一出站，我整个人都空了。走出地铁，第一次发现去往写字楼的路是那么漫长，一整天都失魂落魄。

于是我做了一个疯狂的决定。

05

第五天，到了江苏路站，你跟随人群走了出去。我踏出车门，跟在你后面。没错，我竟然尾随你了。

你上了扶梯，我离你大概 10 米。看着你高大的后背，我再一次恍了神。我竟然跟着你出来了。今天你穿了一件蓝色羽绒服，围着一条黑色围巾。我喜欢围围巾的男生，就像电影《情书》里的柏原崇，阳光清澈。

你走出站，往左边继续走。

外面冷风嗖嗖，我很想走到你的身旁，让你看到我湿湿的眼眶和两行鼻涕，这样你是不是还能送张纸巾给我呢？

唉，我知道是自己想多了。大概我是疯了。暗恋一个人，怎么变得这么自作多情。

我继续跟着你，你走进路边的全家便利店，我站在外面，假装看路上的行人。你买了便当。我想你平时应该不做饭，中午都是外卖或者便利店便当打发一下。

你出门拐到一座大厦，径自走了进去。这座写字楼我知道，算是上海非常有名的办公大厦，入驻的企业不是国内名企就是外企。你这么优秀，在这里上班也不足为奇。

鬼使神差地，我继续跟着你走进去。你在电梯口排队，每次人多的时刻，你都能有条不紊不急不躁，安静等待，我想你现实生活中肯定是一个成熟稳重的男人。

我又走近几步，看见你按了 23 楼后，我马上转身。等确定电梯门关闭后，我从隔壁电梯上去。23 楼，23 楼，23 楼……到了。

你不见了，我也没有再前进。但我知道你每天在上海某个角落上班，从此想念有了落脚地。我对你的幻想，终于超出了狭窄的地铁。

要迟到了，我要赶紧回去。

我再次做了一个疯狂的决定，打算下次跟你打招呼。

06

第六天，我夜里失眠到凌晨 3 点。

我一遍遍彩排今天上前跟你打招呼的场景。我想你是知道我的，从第一天你给我纸巾的那刻起，你就认识我了。我被挤到贴在你身上的那刻，你也是认识我的。你有意无意间抬头看我的时候，也是认识我的。

我一头栽进你的眼眸，就像跌进爱情的无底洞。

你认识我，就像我认识你一样，我决定抢先一步告诉你。我看着镜子中打扮得还算漂亮的自己，想着今天肯定会发生什么大事。

8 点 20 分，地铁来了。你来了。

我进去，第一眼就看到了你。你今天看起来很高兴，这是我第一次看到你的笑脸，那么惬意、舒服、好看。我整个人都要融化了。

奇怪，今天你手里竟然拎着一个袋子，是那种上班族早上拎在手里的饭盒袋。以前我带饭去公司吃，也是上下班提着。原来他会做饭，这么一看他，有种居家感。

好了，我要往你那边挤挤，打算开口跟你说一句迟到的“谢谢”。

我对着玻璃理了理头发，整了整衣服，收拾好表情。我脚还没迈出，看到一幕场景，脑子一片空白。

你转过身，对着后面的一个女生说了句话，温柔暧昧。说完你搂着她。我突然定在那儿，如鲠在喉。

她肯定是你女朋友。一种羞耻感吞噬着我。

那个女孩长得精致又漂亮，穿了件白色卫衣，跟你今天的衣服正好般配，哦，是情侣装。

女生笑着跟你抱怨了句什么。

你脸带笑意，说完摸她的头。

我待在一旁，后退了几步，躲到人群里，像个失魂落魄的罪人，用尽全部力气，挤到旁边一节车厢。你跟她的每个眼神、语言和肢体交流，对我来说都是一场凌迟。

拥挤的地铁，我觉得全车人都在盯着我笑话我，在下一站车门打开的那刻我迅速挤了下去。

我憋着一口气，在地铁消失的那一刻，突然哽咽起来。

07

第七天，我提前 10 分钟进地铁，走到最末尾的车厢。

空调的风依旧在吹，身边挤满陌生疲惫的脸。屏蔽门开了又关，多少人来了又散。从此，我再也没有遇见你。

We do not even have the loneliness

爱与不爱

01

我收到人生中第一张小纸条，是在初二。

当时跟隔壁班女生合住一个宿舍，那天下了晚自习，对床的梅梅鬼鬼祟祟地把我拉到一边，突然塞给我一张纸条，眼神极其暧昧复杂，笑得很诡异。我打开后，蒙圈了，白纸上躺着好看的8个大字：其实你真的很漂亮。

我发誓，在我以后的人生里，再也没听到过这样一句真诚坦率的表白。我也发誓，当时我就心动了。

我知道是谁写的，隔壁班的高帅男。有多高？大概一米八。有多帅？反正女生都在议论他。一般剧情发展是漂亮的女主怦然心动红着脸哎哟一声你讨厌，然后扑通一下倒在男主怀里，牵手并肩共享校园生活的风花与雪月。

但是，我可不是那种专注小情小爱的女主。我，一个以学业为己任、一切向中考看齐的三好青年，对于这种赤裸裸的不良勾引，表现得立场相当坚定。我告诉自己：那只是一场无聊的恶作剧。为了跟这些校内破坏势力划清界限，我嗤之以鼻，当场将纸条撕得粉碎，甩出一句："神经病！"

我们的故事，就从那一刻开始了。

180 从此看我的眼神多了几分恨意，我能感受到。虽然之前我们没有过任何语言交流，但每次眼神交会还算相安无事。我们几个班一起上晚自习，即使不说话，偶尔碰个面还能做个心有灵犀的点头。大概恶作剧不成，颜面尽失才对我反目成仇。我心想。

纸条门事件后，只要在校园遇到 180，我都会第一时间避开那恶狠狠的眼神并迅速跑开。梅梅就在后面追着我喊："你跑那么快干吗！"180 总是停下盯着我，我能感受到背后一道杀伤力爆表的视线正疯狂扫射过来，立即加快步伐，心脏扑通扑通仿佛要跳出来。

可剧情发展渐渐失控，我的脑海里总是不自觉地出现那个浑蛋的音容笑貌。每次进晚自习教室第一眼扫到他的位子，想知道他在不在。白天经过他们班，也会装作不在乎地斜看几眼。他在食堂吃饭，他在操场打球，他在开水房提水，我总能第一时间找到他。我讨厌这种感觉，可我又控制不住。我猜，那张纸条一定被施了魔咒。人家的玩笑，我竟然当真了。

我想我是疯了，我最引以为傲的成绩也开始起起落落。而初三下学期，当我得知 180 突然跟楼下班级一个白富美勾搭上时，我几乎是崩溃地哭了一晚上。可我知道，我没理由怪他，我算什么啊？

我站在开水房打水，想他想得发起呆来，开水漫出溅到我的手上腿上脚上，烫得我哇哇大叫眼泪冒出来。突然一只手迅速伸过来关掉水龙头，把我往边上一拉，我抬头，180 赫然站在我的面前，眼里带着焦虑与不安。我第一次跟他离得这么近，整个人都慌了。我看出来，他也很紧张。

“你没事吧？”他问。

“我没事。”我答。

“站着干吗，怎么不打水啊！”180 的女友眼带笑意地走进来说了句。场面尴尬让我受到莫名的侮辱，我迅速拎着水壶落荒而逃。180 好像在后面说了什么，我没听清，也不想听。撩完老子又去哄女友，什么人啊！

后来，我经常看到这对鸳鸯出双入对，闪瞎整个校园，也刺痛背后的我。没有人知道，我每天活在他们的阴影下，还一度失眠抑郁。偶尔我会碰到 180，也是奇了怪了，他的眼神由以前的愤怒变成淡淡的伤感，对，有一点点哀伤。不会是被女友虐待的吧？我当时绞尽脑汁想着怎样做回排行榜上的高分担当，稳固年级霸主地位，也就逼着自己不再去想。

老天还算开眼，情场失意却让我考场得意。我顺利地考上心仪的高中，比重点线高出了几十分。冤家路窄，开学报到的第二天，我就在新高中看到了 180 和他女友。经过那场阵痛，我对他们已经没太多感觉。我看得出，180 想上前跟我说话，但我眼睛一瞥，当作没看见傲气地走开了。后来我听人说，他女友是花钱买进高中的，他们经常旷课出去玩。

没多久，女友就跟他分了手，又没多久，他的女友又重新牵了别人的手。等我再次知道 180 的消息，是在几个月后的年级大会上。通报批评通宵上网打架斗殴待开除学生的名单，180 的大名被明晃晃地摆在第一个。

那天晚自习，我肚子疼去厕所，出来看到一个黑影倚在厕所外面抽烟，红点在黑夜里闪动，等我走近，发现是 180。寂静暗黑的校园，他只留给我一个背影，惆怅空虚落寞的背影。我停下来看了会儿，鬼使神差突然想问他当年纸条的事，但我知道这必定又是场自取其辱。最终还是转身走回教室。我明白，一切已经不重要了。

这场恶作剧终于落了幕。因为后来，我再也没在学校见过他。

“你说你当初要是从了他，你们肯定女才男貌比翼双双飞，他也不至于走上歪道沦落到今天这地步。”梅梅后来跟我感叹。

“人各有命吧。”我回了句。

“唉，他当时天天跟我打听你的事情。”

“哦，是吗，都过去了。”

“你没事吧？”

“我没事。”

02

大二时，学校有个理工男喜欢我。那会儿我常在报纸上发表些豆腐渣破稿，也会在网上写些酸溜溜的文字。例如“你一出现，整个世界全是你，你一离开，你成了全世界”。

那时文科生活空虚又散漫，终日矫情做作无病呻吟，没去过几个地方却成天把全世界挂在嘴边，没爱过几个人却天天写着小情小爱。可不知怎的却有人喜欢，渐渐关注我社交账号的人也多起来。理工男大辰就是在此时约了我。

“我看了你所有的文字。”大辰见我的第一句话就把我噎住了。本来我是不想见的，但他已经断断续续给我发了一个月私信，我有意无意地回他几个“嗯”“哦”“啊”。作为一个有原则有个性的校园小红人，吊人胃口暧昧不清这事确实不是大丈夫所为。情海无涯，回头是岸。长痛不如短痛，给人家一个痛快好了。走。

我们约在学校荷花池边，那时是炎热的夏季，还好我选在晚上。一是怕热，二是怕熟人看见。这里没有古装剧里才子佳人花前月下吟诗作对的浪漫，整场会面都是在“啪，蚊子！”“啪，又是一只蚊子！”中展开。

大辰成绩好，年年拿奖学金。大辰性格谦和，说话温文尔雅。大辰长得也不赖，算是人堆里比较出挑的。一看就是根正苗红好少年，只可惜不是我喜欢的款。我喜欢什么样的，我也不清楚，反正跟大辰感觉不对。

大辰一个劲地夸我肯定我，我嗯嗯嗯嗯只知道点头，我心里也是这样想的，眼光还不错。完了我说太晚了，回去吧。大辰顿了一下，说：“好。”送我回寝室的路上，他突然停下来抓住我的手，看着我的眼睛，说：“要不我们交往吧！”我的天，上帝做证，我当时吓得差点坐在地上。我承认，那一刻他确实很帅。

“不好意思，可能让你误会了。我觉得我们感觉还没到，这个很难培养。对不起。”我憋了一晚上的话，终于在这一刻说出来了，也松了一口气。

大辰愣住，这回换他傻眼了，后来我默默往回走，大辰一直跟在我后面，也不说话，直到我回到宿舍，他才回去。此后，大辰再没联系我。只是经常会看到他进我空间访问，给我微博点赞，有时记录显示是凌晨两三点。

大三时，校宣传部领导派我去采访报道本校学生的比赛，他们刚在国家级大赛上荣获一等奖凯旋。“这是个非常重要的任务，人家为学校增了光，你给人写好了。好好写，好好宣传宣传！”这句话我的理解是：“写不好你就滚吧！”

我刚进门，就看到大辰跟几个同学坐在里面。很久不见，我们对视，我有点尴尬狼狈，他一直冲我笑。匆匆介绍完自己，除了大辰，其他几个人都在跟我问好，其中一个叫小风的男生突然推了推大辰，有点起哄的意思。

可算是结束了采访，我收起录音笔和记录本，准备逃走。小风却提议说：“我们一起吃饭吧，你也辛苦了，等会儿餐桌上再给你补充下比赛的事情。”想着领导刚才的嘱咐，大辰也在盯着我，我说好吧好吧。

酒足饭饱思淫欲，几个男男女女越聊越开。小风提议玩真心话大冒险。俗气！但想我活了20年，坦坦荡荡，没恋爱也没花边，更没其他不可告人的秘密，也乐意加入。几轮下来，尺度越来越大，笑得把饭店的屋顶盖都要掀了。

终于轮到了大辰，小风更加起劲：“老规矩，真心话！”小风意味深长地看了我一眼，又看了眼大辰，说：“大辰，你……”

“喜欢。”整个场面突然安静下来。大辰盯着我，静静地说：“我一直喜欢你。”屋顶盖差点又被掀了，场面继续失控，各种起哄，我脸通红，吓得赶紧喝口啤酒压压惊。小风见气氛不对，就说继续游戏。

妈呀，不巧下一个就是我。炸了！小风坏坏地笑着：“两个选择：一、抱现场一个男生；二、回答一个问题。”看着油腻腻醉醺醺的各位男生，我一点欲望都没有，选了该死的真心话。

“那你现在喜欢我吗？”大辰抢先一步提问，场面突然又安静了下来。大辰啊大辰，你何必呢。

我抬头看了他一眼，他盯着我，仿佛要把我吸进去。想起那年的花前月下，我瞬间心软了，不忍心再次伤害他，好一会儿才说：“我喝酒。”感情真不真，酒里一口闷。

饭局就在我的咕噜声中草草收了尾。酒水穿肠过，千言万语心中留。大辰跟上次一样，把我送到宿舍楼下。“我以后不会打扰你了。”他扔下这句话，头也不回地走了。他是生气还是难过，我不知道。

等我再次看到大辰，是大四拍毕业照那天。我们两个班级都在体育场旁边摆造型，散了后，大家三五成群各自留念。我在人群中看到大辰，他穿着学士服，好像比以前更加成熟，也有点说不出来的沧桑。他当时刚被一家世界五百强企业录取。

小风举着单反，喊我过去，要给我们拍照。大辰站在一边很不自然，我主动上前跟他站一起。“靠近点啊你俩！”小风还是那个坏样子。我用手臂一把挽住大辰的胳膊，冲着镜头笑了笑，很坦然。第二天小风把照片送给我，还给我一份厚厚的文件夹，是大辰要求转交的。小风让我回去看，并骂了一句：“大辰这傻子！”

我满是疑惑回到宿舍，打开后，大脑一片空白，蒙了。大辰把我大学四年发表在报纸上的各种豆腐块文字全部收集在这儿，就连网上的文字也打印了下来。我看到文件夹首页写着：“你一出现，整个世界全是你，你一离开，你成了全世界。”

我的眼泪瞬间涌出，宿舍没人，没忍住哭得稀里哗啦。我给大辰发信息，写了删，删了写，最后只留 6 个字：“祝你一路顺风。”他回：“你也是。”

我拿着这沓作品到上海找了首份工作，大辰去了深圳。偶尔他会更新朋友圈，两三个月一条，前段时间看他晒了一张牵手照。我想点赞，又收回了手。

我翻出毕业那天和他的合影，阳光下，大辰分明也在主动靠近我，我们笑得都很好看。

03

我在学生时代始终没有谈过恋爱。

遇见过喜欢的人，也被人喜欢过，但没有一次是在对的时间遇到对的人。什么才叫对的时间对的人？我想大概就是我喜欢你，你也刚好喜欢我，而我俩也敢光明正大地走在一起。

爱情是件奇妙的事，不是说喜欢了就能在一起的。我在对的时间遇到错的大辰，在错的时间遇到对的 180，我们都没有在一起。爱是相互的，不爱也很简单。只愿往后的日子，你们的真心，不再被无情地辜负。

We do not even have the loneliness

今晚一起吃饭吧

01

刘婷从大衣兜里掏出手机，按下电源键，扫了眼屏幕上的时间：19：13。她必须在 20 点整赶到约会地点——上海书城。时间还来得及，从江苏路站到中山公园站旁的书城只要 15 分钟。多出来的半小时直接在书店等他吧，到时候不用急匆匆乱了阵脚。

“我已经出发了，待会儿见。”刘婷上了地铁，给对方发了一条信息，最后还配上一颗红红的爱心。表情包的存在，大概是当今亿万网民化解尴尬、加深情感的第一助手。结尾处的这颗红心，既有走心的亲密，也有客套的疏离。礼数中不失热情，若即若离，实在是妙。她为自己的小心机，对着屏幕笑了笑。

“好。”随着一声提示，刘婷点开聊天页面，看到郑生发过来的这个字。她盯着屏幕看了好一会儿，最后总结道：高冷，一如既往的高冷。但这种高冷却一点儿不让人生厌，相反这让几年不约会的刘婷欲罢不能。刘婷跟郑生“认识”刚好两个月，但这种认识也仅限于网友关系的熟悉。

两个月前，刘婷在一个国内知名文艺网站上结识了郑生。他发帖问谁愿意领养刚出生不久的小奶猫，常年独居的刘婷萌心大动，赶紧加了微信，问：“什么时候可以去领？”郑生半天才回：“等等吧，过几天再说。”

此后几天，两人无话，他的朋友圈倒是被刘婷刷了个遍。郑生的头像上是个长相英俊的男子，30 岁上下。朋友圈 100 多条动态，不是在看书，就是在喝茶，偶有几条深夜心灵鸡汤诗句出现。朋友看着刘婷发来郑生的文字，甩下一句“矫情死了”，刘婷却啐了一口：“滚，明明很文艺。”

29 岁的刘婷开始向文艺的郑生发起了攻势。给郑生每条新动态点赞，并一定要认真回复。挖掘郑生的兴趣点，听郑生喜欢的歌并分享到朋友圈说好听，看郑生看过的电影截图发到朋友圈说真感动，去郑生去过的茶馆拍照发朋友圈说好好喝哦。

偶尔她还会发自拍，拍上半小时，从七八十张中选出 9 张，再放到美颜软件里挨个美化，然后分组只对他可见。

郑生毫无回应，静如泰山。刘婷决定换招，打开他的聊天框直接问候他。从猫开始找话题，聊到工作职业、电影诗歌。郑生漫不经心地回上一两句“嗯”“是的”“还可以”。刘婷没辙，打算放弃，却在这时收到了郑生的见面邀约。

02

刘婷在长宁区的上海书城坐了一会儿。她在想等会儿应该跟他聊什么？谈文学，会不会太深奥？谈诗歌，会不会太装了？谈喝茶，会不会太傻了？谈房价，会不会太世俗？

她看着书店最显眼的厅堂处，摆放着村上春树的新书，对了，等会儿就从大门口迎接他，然后带着他走进来，引他到村上春树的新书旁，村上所有的小说她都读过，跟他从村上聊起总不会出错。读书千日，用计一时，她紧张的情绪稍微平复了下。

“我到了。”8 点整，郑生准时给刘婷发了一条信息。她对着书桌玻璃，迅速整了整新买的灰色大衣，抚了抚鬓角的头发，往正门看去。

一个 30 岁左右的男子，身材壮硕，穿着一件黑色上衣，眼睛很大，脸蛋还算好看，全身上下透着一种斯文稳重的气质。其他都没什么异样，倒是他的眼神，是忧郁的、慌乱的、有点疏离的，乃至衍生出一种迷人的欲望。

刘婷对着黑衣男挥了挥右手，他看过来，眼神有一丝诧异。更神秘了。刘婷痴痴地望着，但他立马笑着迎过来。

“你好啊，让你久等了。”郑生表示抱歉，态度诚恳。

“没有，我也刚到啦。”刘婷故意说了一个“啦”，洒脱中带着娇嗔。

“吃饭没，要不一起去吃饭吧？”他又说道。

“是有点饿了，走啊。”刘婷跟着他走了出去。

他们到了上海书城旁边的龙之梦，选了一家日式料理店。他说经常带朋友过来吃，味道极好，再加上这家店处在最拐角处，人少安静。不失为一个约会的绝佳地点，刘婷在心里对他默默称道。

刘婷坐下，开始低头摆弄起桌上的纸巾，她等着郑生能够开口引出话题。她怕自己跟以往一样，和男生在一起时，太主动会吃亏的。在爱情里，一开始太主动的那方，到后面往往更被动。

郑生依然没有开口，安静地坐在对面看她，只是沉默。刘婷只好掏出手机，拇指开始滑来滑去。手机除了联络重要的人，打发无聊的时间，最大的作用大概是缓和聚会时突然安静的气氛，化解陌生人之间的尴尬。

“你比照片漂亮。”他突然开口。刘婷手指一顿，抬头看他。是什么样的眼神呢？刘婷的心一惊，像是被什么冲击了一下。此时他的眼神一扫之前的忧郁惆怅，坦率而真挚，毫无敷衍，没掺半点假。

女生都喜欢被夸，尤其是被人夸漂亮，尤其是不太好看的姑娘被人夸好看。

刘婷深知自己姿色一般，自小就不是一个有故事的女同学。她谈过两个男友，全都因为岁月长、感情薄，处着处着就淡了，走着走着就散了。此刻，她在郑生的眼睛里看到了自己。

她有点激动，不知为何，“爱情”这个词突然涌上她的心尖。她被自己的想法吓到了，跟对面这个陌生男人见面不超过 10 分钟，说话没越过三句半，连“爱情”这种想法都能蹦出来，真是荒唐。

但是谁又规定爱情一定要跟时间有关呢？只要是有缘人，碰上了就碰上了，跟时间长短又有什么关系？

03

等菜的间隙，郑生离席去了趟洗手间。

菜一道道上桌，麻油鸡的香味飘起来。

刘婷开始问他一些问题：

对了，那只小奶猫怎么样啦？

忘了问你做什么工作的？

还有平时喜欢谁的诗啊？

郑生回答：

猫自己养了。

在互联网公司做市场。

喜欢雪莱的诗。

他的回答过于简单，甚至让她觉得里面有一丝不易察觉的冷淡。明明可以多说一点，分享下养猫的感受啦、工作上的趣事啊，或者为什么喜欢雪莱呀？

刚刚一脸真诚地说她漂亮的那个男人怎么突然之间没话了，那种短暂的温柔也是一闪而过。刘婷刚被男人的甜言蜜语捧到天上，又被他的简洁冷淡狠狠摔下来，还是摔了个大跟头，有点痛。

刚见面的男女，试探也是战战兢兢的，一旦乱了阵脚，就相当于弃械投降，输了气场，露了恐慌，赔了伪装。刘婷心想，男人可真是满嘴假话，连戏都不愿意做足。既然他不吃这套，还是换一种聊天方式吧，她尽量寻找话题。

“上周去了云朵轩茶馆，很不错，改天有空一定请你过去喝。”她故意说了一家他在朋友圈发过的茶馆，想测探下他的反应。郑生愣了一下，刘婷心想终究还是上钩了，可他立马回答的“好啊”两个字还是让刘婷乱了节奏。

这是装傻了啊。既然对方不说话，那就自己多说点，刘婷开始讲自己的故事。大学毕业6年了，有过两个男友，一个劈腿，一个回老家。她在出版公司当编辑，手里出过几本卖不出去的鸡汤书。算是有点精神洁癖，喜欢骨子里文艺的男生，最好是高冷一点，比如郑生这种。最后一句她藏在心里没说出来。

郑生默默听着，偶尔把菜推到她这边，或者帮她倒倒水。她看着他，水壶里的茶水流往杯子里，饭菜的热气遮住了他的脸。他可能就是不善言辞吧，那种不太爱说话的理工男，但他有自己的小爱好，活在自己的世界，也会偶尔走出去关心在他世界以外的人。

只是，倘若这个男人，能来到她的世界，或者让她进入他的世界，会怎么样？

热气弥漫在餐桌上，他的脸模糊起来。刘婷那一刻觉得，或许她终其一生，只不过是为了找到一个体贴她的人。父母会体贴她，可是他们会先走；前男友会体贴她，可是他们都消失了；能给她温暖的，只有身边这个实实在在的人。

聊着聊着聊到了前任这个话题，或许刘婷今晚所有的准备，都是为了这个。她想知道郑生的情事，谈过几个女朋友，对婚姻有什么打算，爱情观是不是跟自己一致，以及他现在有没有女朋友。

“我以前最喜欢的一道菜就是麻婆豆腐。”郑生突然开头，打断了刘婷的思路。为什么突然在日料店，提到川菜？收回自己的遐想，她开始听他说话。

“麻婆豆腐啊，我会烧的。”刘婷应和着。

“不，你做的肯定不好吃，这世上最好吃的麻婆豆腐是龚莉做的。”郑生说完，抿了口酒。刘婷这才发现桌上的酒被他喝了一大半。

“龚莉你认识吧，不，你不认识。龚莉是我前女友，我们在一起 8 年了。”郑生明显有了醉意。

“不过我们分手了。我在大学就认识了她，本来都打算结婚了。可她有一天突然说要离开我，第二天就搬了出去。我当时觉得很奇怪，一定发生了什么事情。结果你猜是什么，那婊子直接跟我说，她前公司的总监要跟她好，她要搬进总监月租 12000 元的房子，不跟我住群租房了。”

郑生的脸微微有些泛红，他继续说：

“那时候我毕业才两年，事业刚起步。她嫌贫爱富，离开我了。往后几年我就没有找过女人。就算现在混得人模狗样，也没让我心动的。”

“唉，可以说，她让我相信爱情，也让我怀疑了爱情。她搬走那天，我站在房间窗户口，头往下看。那个秃头的快 40 岁的男人，帮他提行李箱，几秒钟吧，车子就走了。从此我再也没见过她。”

“都说骗女人的男人是渣男，女人全世界叫嚣着诅咒负心的男人，仿佛她们是唯一的受害者。那骗男人的女人呢，男人有苦说不出，憋着忍着受着，说了就直接承认自己是孬种。”

“女人被男人甩，是值得同情的，但女人甩掉男人，男人就是无能的。”

“或许真的是我太穷了吧，如果我那时有钱一点、能力强一点，她也不会就这样离我而去吧。怪我无能。”

“对不起，今天跟你说这么多，我本来是话很少的一个人。”

“不知道为什么，一见到你，就很想说话。”

刘婷被他说得一愣一愣的。他这排山倒海式的倾诉，像是在发牢骚，又像是在自责。他脸微红，满嘴酒气，眼神迷迷糊糊的，说不清的感觉。

04

这顿饭吃到了晚上 9 点半，店里灯光暗下，店家准备打烊，舒缓的音乐也停了下来。满身酒气的郑生，扶着座椅，晃悠悠站起来要去结账。刘婷立马追了上去，自己抢先买了单。刘婷站在收银台前，从钱包里掏出 400 元。

按理说，这顿饭本该是他买单的，之前她跟两个前男友吃饭，都是男生付钱。都说男人为女人花钱，是天经地义的，不管是出于礼貌还是爱意。但女人为男人花钱，那这份情意中就多了一种罕见的洒脱与厚重。

或许眼前这个男人，跟别人是不一样吧，如果自己抢先买单，他会不会也觉得自己跟别人不一样呢？她回头看扶着椅子站立着的郑生，他已经穿上了外套。

“郑生，你住哪里啊？我送你回去。”买单后，刘婷走到郑生面前，问他。

“我没家，哪里都是我家。”郑生酒气还没退。

刘婷没办法，打算把他安置在附近的宾馆。她走到大厦门口，外面灯红酒绿，车来车往，身边这个男人，突然搂着她的肩。她跟触电了一样，不敢抬头。这男人是真的醉了，不然也不会对第一次见面的女人做出这样的举动。

与其说他搂着她，不如说他在寻找一个支撑，不然他会倒下。刘婷好久没跟男人有这样亲密的肢体接触了，这种感觉让她心跳乱了，全身酥酥麻麻的，每走一步，都像是踩在了云里雾里，轻飘飘的，她又一次被捧到了天上。

好不容易把郑生扶进宾馆房间，已是晚上 10 点半。这个星级宾馆，还算安静。干净的床单，暖黄的光线。刘婷觉得安心惬意，坐在沙发上，看着躺在床上的郑生。他穿着衣服，连鞋子都没脱。刘婷上前，把一边的被子盖到他身上，这时郑生突然睁开了眼，眼神像是恢复了初见时的忧郁，甚至有一点点恐慌感。他说："谢谢你。"

刘婷笑了笑，有点不好意思，打算出门。把他安顿好了，让他今晚在这里睡一觉。

"对不起。"刘婷快走到门口时，又听到郑生说话。这一会儿谢谢你，一会儿对不起的，究竟是怎么啦？

"这时候地铁都停了，还是别回去了。"郑生在后面叫她。刘婷心想，不回去是什么意思？今晚在这儿睡？难道他是要跟我发生什么？在来的路上，刘婷想过要不要留下来这个问题，留下来能做什么呢？还能做什么？心知肚明，但她在心里又是排斥的，这对一个醉酒的温柔的好看的多金的男人来说，今晚留下来，无异于欺负他。

"不了，我打车回去吧。"到了最后关头，刘婷反倒胆怯起来。

“我不会强迫你做什么的。”郑生支支吾吾又说了句。

刘婷想了又想，还是回到沙发上坐下来，看着眼前这个男人，恍惚间觉得像是回到了第一次跟初恋男友开房的那天。当男友进入她身体的那刻，她的眼泪马上就下来了，那是她的第一次。她也不知道为什么会哭，身体像是被撕裂开的痛，那一刻，她心想，可能就是这个人了吧。

眼前这个男人也跟初恋男友一样，躺在床的一边，神态安详。

“我先去下洗手间。”刘婷没有说留还是走。她想先去洗手间缓一下。

卫生间的灯光是暖黄的，照着她还有 238 天就到 30 岁的脸。前任们都说过：“你在灯光下更好看。”他们说这话时，眼神放着真诚又渴望的光。她每次听完，嘴角憋不住笑意，原来自己也是美的，不过转念一想，是不是在太阳底下，我又是不值得看的？她突然又焦虑起来。

她掏出包里的化妆品，粉扑往脸上擦了擦，口红往嘴上涂了涂，理了理头发，顺了顺裙子。整理完以后，她一顿，这是在干吗？既然决定离开了，还在这里补妆打扮？

刘婷终究是明白的，自己是要留的。从她第一眼见到他，他跟她吐露过去，他出门搂着她。他每走近一步，她的心就近一点。这么好的机会，为什么不争取下呢？

等刘婷出来，郑生已经呼呼睡着了。或许他就是好意想让她休息，自己想歪了而已。刘婷嘲笑刚才在卫生间里的挣扎，故弄玄虚。她在心里笑着，两个陌生人第一次见面就开房，而且什么都没发生过了一晚上，也是都市佳话了。

她在沙发上躺着躺着就睡着了。

不知几时，等刘婷睁开眼，郑生已经将她抱在了床上。周围黑漆漆的一片，她吓得赶紧打开床头的灯，当她打开灯的那刻，看到他在盯着她。刘婷吓坏了，各种问题涌上心头：刚才不是在沙发上吗？他什么时候醒的？是他抱我上床的？刚才他抱我的时候进行肢体接触了？他为什么要抱我上来呢？

“你……我……怎么在床上？”刘婷紧张得话都说不清了。

“刚刚怕你着凉，就抱你上来了，我这就去睡沙发。”郑生回答得很坦荡，看起来并不像一个做坏事的人。

“沙发上冷，我过去。”刘婷嘴上还是抗拒着的。

“算了，我们一起睡吧。”他自顾自地侧向另一边。

05

刘婷也不说话，平躺着，盯着天花板。怎么会这样，今天真的是越轨了很多次，现在居然跟一个陌生男人躺在宾馆的床上。她试着闭着眼睛睡，可就是睡不着。

郑生这会儿也转过头来，看着她。她也不自觉转身，刚想说话，郑生倒先发制人，他突然蹭到她耳边，轻轻说了句：“你在灯光下更好看。”

说完，这个男人就把嘴贴上去亲她的脸。

她吓得把脸撇向一边，他不依不饶，再次上前。亲她的耳朵、脖子，开始解开她的衣服。郑生气喘吁吁，她想这种感觉真是熟悉又甜蜜。

刘婷慢慢放下戒备，随着他的节奏回应着。隔着衣物，她能感受到他的热烈。

当他要进入时，她突然止住，问他："你是认真的吗？"

他愣了一下，动作停了，趴在她的身上说："认真的，我喜欢你。"

说完，他再用力，刘婷疼得哭了起来。就在这一刻，她想起和初恋男友的那次，他也是这样俯在她的身上用力地晃动着。男友看她哭了，吻她的泪水，在她耳边说："我好爱你。"

郑生在她身体上起起伏伏，刘婷走了神。等他快到极限时，突然咬着她的肩膀，闷哼一声。刘婷被弄疼了，她脑袋里突然奔出一句话，随口而出："你爱我吗？"

"爱……爱……"郑生回答得深情又干脆。

刘婷眼泪又出来了。她不知道是他把她弄疼了，还是真的想哭。为什么要这样问他，跟每个男人她都会这样问。她觉得在这最亲密的时刻，男人才能说真话，尽管这真话是有时限的，短到下了床就没了。仿佛让她快活的，不是体内的生理反应，而是这一句比平时更加肯定的"爱"。最终也是这份爱，把她送到了天上，愉悦的最高峰，尽管这也是短暂的。

事后，他们两人裸露着身体躺在床上聊天。他点了一根烟，开始抽起来。床头烟雾缭绕，刘婷翻个身看着郑生。她问了他很多问题，他也热情地回答。末了聊到婚姻的话题，刘婷问了一句："你什么时候结婚啊？"郑生惊了一下，掐掉烟头，说："等你准备好的时候。"

她显然是被惊呆了，手足无措，不知如何接话，她完全没想到，今晚的一次约会，居然把恋爱、上床和结婚这三件事都给办了。这个男人是要跟我结婚的意思吗?

“我想好了，我们可以试着先发展下。我觉得你是一个好女孩。”郑生说起这些话，丝毫不含糊。女孩，居然还有人叫自己女孩，30岁的女人走出家门，就是年轻孩子的阿姨了，但郑生居然叫她女孩，这让她着实没想到，甜蜜、宠爱、幸福感包围着她。

她刚想开口说“好”，就被郑生压在身下，今晚的第二次、第三次……每一次颠簸中，她更看清男人一点。这个男人是温柔的、绅士的、成熟的，也必定是值得托付的。

她看不清他的眼睛，她只想跟他快活，今晚，明晚，每一个夜晚……

06

早上刘婷醒来，发现宾馆只剩自己，她看到床头放了一张纸条，上面写着：我公司有急事先走了，你多睡会儿，晚上一起吃饭。

刘婷看完心里乐呵着，郑生毕竟是体贴的，怕打扰她睡觉。她拉开窗帘，外面的阳光明媚，天空湛蓝，一眼就能看到一千米外徐家汇的恒隆广场。

她把昨晚就在充电的手机拿过来看了眼时间，9点20分了。这时候郑生在忙什么呢？昨晚他一次次带她进入一个个羞耻而痛快的境界。刘婷越想越脸红，大白天也这样，还真是有点难为情。

时隔几年，刘婷发现自己又恋爱了。这次她想更认真点，跟这个男人走得更远。

她想跟郑生说她醒了，问他晚上去哪里吃饭。她点开郑生的微信对话框，输入：今晚一起吃饭吧。

刚发过去，就跳出一条消息：郑生开启了朋友验证，你还不是他的朋友。

第二章

回不去的故乡

We do not even have the loneliness

故乡二三事

01

打粮囤

农历的二月初二，也叫龙抬头。那天早上到公司，看着台历上的数字，才反应过来，又一个快被我遗忘的节日。我问群里的姐姐们："你们还记得二月初二有什么习俗吗？"二姐说："吃炒面。"我说："不对，炒面是在六月初六吃的。"

有很多习俗，我都不记得了。比起我这样时常回忆过去，努力向前好像更为人称道。

中午在公司点了黄焖鸡米饭，辣的那种，好吃。晚上回到家点了一盘酸菜鱼，重辣的那种，更好吃。在这个忙碌的都市，身边也没有人提到这个节日。二月初二也叫"春耕节""农事节"，一听就跟都市关系不大。

我记得读小学时，每年的今天，父亲都会早起在院子里画圆圈。

家里煮饭炒菜时，都会烧麦秸、稻草、玉米棒秸和废弃的木头。土锅底下的“锅堂”每隔一段时间就被草木灰堵满，火势不旺，我们就要掏一次，掏满几个篓筐，把灰烬扔到家后面的沟壑。

只有二月初二这天，父亲才用铁锨铲着灰，在院子里“打粮囤”，也叫“围仓”。以一米为半径，画上七八个独立的圆圈。里面会撒上五谷，稻米、麦粒、玉米，等待着鸡鸟过来啄食。老人们都说，这是为了祈福来年五谷丰登，余粮满囤。

我跟姐姐、弟弟异常兴奋，满院子跑。还不满足，跑到邻居家看看，评一下谁家的粮囤最圆最大。远方夕阳落下，天空中映出晚霞，我们疯来疯去，大概这是童年最好的时刻。

打粮囤有一种美好的寓意：二月二，龙抬头，风雨顺，又丰收。大仓满，小囤流，好年景，春开头。

我读中学以后，很少在家过这个节了。但我知道，每到这个时候，春天就真的要来了。

02

剪头发

二月初二这天，年刚过去，村民们会选在这一天去理发店剪头发，老家“大新年”的正月是不兴剪发的。民谚说：“二月二剃龙头，一年都有精神头。”剪完头发，一切从头开始。可能民俗就是为了给人类一个好的期望。

小时候母亲为了省下两元理发钱，她亲自操刀剪。我跟姐姐、弟弟挨个坐过去，三两下就理完了。每次一剪完，我就哭，谁劝都不听，一路哭到学校，因为剪得太丑了。读中学之前，我没有去过理发店，也没有留过长发，像个假小子，我内心十分渴望长发飘飘。

母亲为了哄我，在我走出家门时追过来，塞给我两元钱让我买零食吃，还说："别哭了，好看。"我总是半信半疑，她倒是很肯定的样子。

我从小被母亲夸到大，在外面觉得自己丑的时候，就在她那里找存在感。这世上，只有我喜欢的第一个男生和我母亲，夸过我漂亮。那个男生已经不知去向十多年了，而母亲还在坚持夸我。

青春期没做过什么叛逆的事情，勉强算得上叛逆的，可能是在体育课时逃到学校外面的街上吃一顿麻辣烫，或是在刚考完试的晚上跑网吧看一晚上电视剧，还有就是在高二那年去拉直了头发。

那天我坐在镇上的理发店里，花了80元钱，用3小时做了离子烫。学校不允许奇装异服，也不准化妆整头发。当时我想的就是要不一样，生活必须有所改变。仿佛把邋里邋遢的头发理顺，苍白无力的高中生活也能顺畅下去。

但是没有，一切都还是让我烦躁。

我那时候看到又胖又凶的数学老师，就觉得天要塌下来了。他不喜欢我，我也不喜欢他，整日处在焦虑中。我喜欢的男生也没有因为我换了发型，在课间操的时候多看我几眼。

回到家母亲说："你做头发啦？"

我支支吾吾："嗯。"

"好看，小女孩还是要留长发。"

她说完我还有点想哭。

大概我永远不会长大，特别是跟母亲在一起的时候。

我也希望自己永远不要长大。

03

出鱼塘

每次回家都会经过那条河。

小时候那条河水清澈干净，夏天的傍晚，村里的男人披着条毛巾就过去了，他们在里面扑腾扑腾洗着澡。秋天时，岸边长满了芦苇，我在那里钓过龙虾、拔过毛笋、抓过虫蚁。

后来这条河被人承包养鱼用，每到年底，鱼塘的主人就用排水机把河里的水排到另一条河，老家叫"出鱼塘"。鱼塘丰收时是全村最热闹的时候，在捕鱼接近尾声之际，我会带着弟弟围在鱼塘边角处，捡上一些残鱼败虾回家。偶尔遇到大的漏网之鱼，就兴奋地两三步跑到家。

鱼塘的主人把捕上来的鱼拿到村里现卖，这家 5 条，那家 10 条，卖不掉的就拿到镇上。母亲会把鱼先放些盐腌制，在除夕之前下锅油炸，最后把金黄的鱼放到空水缸里存着。水缸下面放着一些冰块，就当半个冰箱。

冬天的时候，这条河常常结冰。我在河里跑过一次，在薄冰区踩空，棉鞋湿透，为了掩盖自己去河里滑冰的真相，回到家我就跟母亲撒谎说："无意中踩到路边的积水沟里了。"

每年回家，我就循着这条河往家赶。我从这条河走过，从孤独的少年时代到不太顺利的青年时代。千千万万人都从这条河经过。它应该知道许多秘密，并愿意为所有人保守秘密。

不论在外面发生什么，回到老家，一切都还是照旧。就像每个村头都会有一棵老樟树一样，这条承载了我无数记忆的河流，在日月更替中，伴着我的童年，陪着这个村庄，度过一年又一年。

04

备年货

每年春节前，母亲就在厨房里忙活个不停。她会蒸上几大锅各种馅儿的包子，能吃整个正月。还要包红豆沙馒头，把煮熟的红豆和红薯切几刀当馅儿放进面里。还会搓几大盘肉坨子，就是官方话说的狮子头。

父亲会去街上挑选一只猪头，煮熟后把猪耳朵切碎倒上酱油、辣椒等调料，这道菜上了桌就能被立马扫光，父亲格外喜欢，炝猪耳是他必备的下酒菜。

除夕夜我们就在一起包饺子，大年初一那天饺子都叫"弯弯顺"，有些饺子里包着硬币，吃到的人大概新年会发财。母亲会做汤圆，老家不叫汤圆，叫"元宝"，我喜欢小时候用猪肉渣做馅儿的汤圆，馅儿放糖，除了酒酿圆子，就再也没吃过这么好吃的甜点。

我怀念春节的味道，每年心心念念的仪式感和满足感，只有在回家才能有，只有在这个时候才能有。

记忆中母亲一直站在厨房忙着，每年我们吃一样味道的食物，去一样人多的寺庙烧香，听一样旋律的《难忘今宵》。生活本该是这样的，仿佛所有事物都是永远存在的。

直到突然有一天发现当年原本高大的父母亲矮了一大截，我站在他们身边，他们比我矮了好多。母亲开玩笑说："我们长缩回去喽！"我搂着她边走边想哭。

父母常说：以后过年次数都是数着过的。所以我在想，不管以后怎样，能多陪他们一年，就一定陪一年。

其实我们在相聚，也马上要离别。

我们都知道。

05

下雪

大年初五的早上醒来，外面白成一片。读中学以后，我在苏北老家就没见过这样的雪了，算起来有十几年了吧。我激动得到处走走拍拍，不确定下次看到这些画面是什么时候。

不知道是我害怕很难再遇到雪天，还是害怕以后冬天回家的机会太少。童年记忆里必有冬天，冬天里必会下雪。那时苏北的寒冬，河里能跑人，路上能溜冰。常常一觉醒来整个世界都白了，推开门看到院里一片白茫茫。这是我童年无声又盛大的礼物。

父亲总是很早起床，扫出一条通往大门口的小路。偶尔我会跟姐姐、弟弟堆出一两个不成形的雪人，鼻子插上一个干瘪的尖椒，脑袋戴着一个破旧的草帽，这是下雪时最期待的事，尽管每次都会被爸妈骂回屋。

面对雪，仿佛每个人都干净纯洁起来。昨天踩在雪地里，吱吱作响声让我觉得自己还是可爱的。一走在雪里，久违的少女心立马被激起。想在雪地里狂奔、打滚，跟美好的男人谈恋爱。

电影里许多抒情桥段都离不开雪。我常想起《情书》里的雪。日本的雪，纯美而温柔。无论是对着空山大喊“你好吗？”“我很好”的渡边博子，还是刚参加完葬礼在雪中奔跑的藤井树。只要她们往雪里一站，就是最好看的风景。

是的，站在雪里的人，都能被原谅。

而中国的雪，总是背负着隐忍和荒芜。念念不忘宝玉最后的出走，白茫茫的一片旷野，并无一人。贾家烈火烹油、穿花着锦、富贵荣华，宝玉却“落了片白茫茫大地真干净”。

中国北方的雪，厚重得很，跟北方的人一样。我一直喜欢萧红笔下的北方，对于生的坚强，对于死的挣扎。民国时期的女作家，萧红和张爱玲是我的最爱。一个写北方的苦，一个写南方的毒，冷静克制，字字珠玑。

一直喜欢下雪天。喜欢冷、喜欢静、喜欢透。那白皑皑的一片，仿佛是世间最冰冷无情的东西。一片片把旧世界掩埋掉。它才不管你那么多呢。昨夜所有的喜怒哀乐，都在第二天早晨掀开窗的那刻消逝不见。一切都跟没有发生似的，无声无息，理直气壮。

美好的事物都是斑驳的。“彩云易散琉璃脆，水仙已乘鲤鱼去。”

一切像存在，又不存在。等中午吃了饭，外面的雪慢慢化掉。

晚上我赶车回上海。新的火车站离我家将近 40 千米，我花了 2 小时换了 3 辆公交车才抵达。我在市区的车上看向外面，路面上没有雪，房屋顶上也没有雪，有的只是汽车行人、霓虹闪烁。听着满车的方言，坐在同一辆公交车上，他们回家，我离开家。

在家时，我跟母亲说："我不想回去了，还是在家里舒服。"我妈回我："可你不能舒服一辈子啊。"

夜幕下，公交车行驶着。家乡也有很高很高的楼，我在想着如果留下来在这里生活，某栋楼某个房间里的某个座位应该是我的。可这并不能让我有多兴奋。村子以外的一切地方，对我来说都是陌生的。不管我去什么城市，一切都是从零开始。那就去最不像家乡的那个。

其实我明白的，雪景之所以好看，是因为不常看到。

在火车上，看完一部小说已经凌晨 2 点，周围的乘客都睡了，这时我又看向窗外。想起 2015 年 4 月 6 日我在微博写的一段话：想去睡深夜的火车卧铺，谁也不认识也不想认识谁，被广播声吵醒，在一个个城市停留，借着微弱的亮光看向窗外，仿佛已经过了几生几世。

我不记得那天发生了什么。不过我知道，我的心从未真正在哪里停留过。

我也知道，以后故乡与我之间的问候，就像除夕那天，留在老家的旧友发来短信："你还好吗？" 我盯着手机，鼻子一酸，立马回过去："我很好。"

从此我们不再提世事艰辛。

We do not even have the loneliness

生日礼物

01

父亲的手工面

每年初秋，天气转凉，父亲站在小方桌旁。

盆里放面粉，倒水进去，开始搅和，再加水反复揉按，直到片块状的面全部聚成一大团，这时手和盆都搓揉干净了。

父亲那双手，有着一种我无法想象的魔力。做手擀面这种活，对他来说跟抽根烟似的，熟练、迅速又享受。

醒好的面拿出摊在桌上，轻轻撒上薄面粉，宽大的擀面杖开始动工按压。在我童年时期，别人家的擀面杖是用来吓唬小孩的工具，有些孩子不听话，家长就会假装抄起擀面杖，对着孩子，面露愠色："你再不听话就打你哦！"

而擀面杖对我来说，是成年人才配用的东西，是神奇的父亲才配用的东西。在我的记忆里，父亲是支配擀面杖的最佳人选。不论吃面条还是吃馄饨、饺子。

那根木头将这坨厚重的面，慢慢压平直到厚度一致，一大块圆面饼就这样平躺在四方桌上，再抓一把薄面撒上防止粘在一起，这时爸爸迅速拎起那一大层面皮，一层层叠起来，整齐工整。

最后动刀切条，这是做手擀面最神圣的时刻，在缓慢而均匀的刀法下，一条条面条出现了。我们姐弟几个围在桌子边，目不转睛地盯着父亲忽上忽下的手。少有的崇拜他的时刻。父亲越发得意，哼着小曲轻松惬意地抖动粗细一致的面条，放到簸箕里摊开，再干晾几分钟，就可以端到厨房下热水锅了。

而我，也得到了当年的生日礼物：那天的第一碗面条。

苏北老家的习俗，生日那天，寿星必须吃锅里盛出来的第一碗面。这一天，是我一年中最受重视的时刻。从第一碗面盛上桌，到全家人吃完收拾碗筷。我无比珍惜这段时间，每次都吃得很慢，我希望这顿饭的时间长一点，再长一点。

读初中开始住校，每年生日都赶上开学，电话里母亲总是提醒我别忘了吃面，我嘴里含着超市买来的泡面只管点头。

"你爸今天也在家里擀了面，第一碗没吃，留给你。"我妈在那头说着，我眼圈红了。

即使到今天，妈妈不但记着全家 7 口人的生日，还要一年煮上 7 回长寿面，虽然我们都不在她身边。

我的父母从来不给我买生日礼物。12 岁那年我生了一场大病，几个月没有好转，我以为我快死了。在市医院旁边，他们把我带到小商品市场，那里有很多玩具店。

母亲说："你想要什么，就买给你。"店员用异样的眼神一直盯着我，我不知道是我穿得太土了还是年纪太大了还在挑玩具。那天我什么都没买，但我记得出来的时候特别开心。

没多久，我就让自己好起来了。

偶尔我会闪现一丝抱怨的念头，那时候我为什么不能有好看的裙子、不能有酷炫的玩具。可一想到在这世上，有个每年都记得我生日、每年都给我做一碗手擀面的人，这本身就是最好最酷的生日礼物啊。

02

丹的玩偶

我忘记是高几了。

那天生日，出早操，我们站在楼下排队，10分钟前我在自己课桌的抽屉里发现了一个玩偶，还有一张纸条，上面写着祝我生日快乐，落款是"丹"。我脑袋里迅速搜索了下名字里带个"丹"字的人。

原来是她。

跟她同班同镇，每月放假我们都一起坐公交车回家，算是比较亲密的朋友。我排队的时候站到了她的边上，拍了拍她的后背，轻声笑着说："谢谢你给我的生日礼物。"

她转身看我，也笑着回：“什么？”

我有点不好意思，继续说：“礼物好可爱，嘻嘻。”

她眼神变得疑惑，但还是面带笑意。我心想这是在捉弄我呢，说：“别装了，就知道是你，哈哈哈哈。”

“啊，没有啊，今天是你生日啊？”她突然不笑了。

就在此刻，站在我前面的同桌回头对我说：“为什么名字里带‘丹’字的只有她一个？”

我才注意到，她的眼泪在眼圈打转。我也才注意到，她的名字里也有“丹”。

我永远都忘不了她回头看我时的眼神。

那时候我们同桌，会闹点小矛盾。她的脾气古怪，我的脾气也不好，算是我们班两个古怪的女生坐一起了。女生的感情很微妙，经常为一些小事绝交一个月不说话，也会因为一两件小事突然好得比亲爹妈还亲。

我生日那会儿正是我们冷战期，加上这个误会，我都不知道最后花了多久跟她和好。

高中毕业后我们一直保持着联系，几个月通一次电话。聊天内容无非是回忆彼此的过去和讲述各自的现在。大学寒暑假回家，偶尔约见一次，在县城街头吃着高中常去的麻辣烫店，冷风嗖嗖刮过我们的脸，讲到一个有趣的往事在街头笑到眼泪哗哗。

她在外面漂泊几年就回老家生活了。回去之前，她跟我说“陪伴亲人是头等大事”。偶尔在朋友圈看到她的动态，想回复也不知道说什么好。

人与人慢慢陌生起来，应该是从社交平台上发的东西开始吧。

想去参与老朋友的人生，却发现：她晒的人我不认识，她写的事我没经历。我体会不到她的痛苦，也分享不了她的快乐。

她看起来很不错，偶尔跑跑步，发着最近吃到的美食，晒几张真的很好看的花花草草。回到家乡以后，不知道她有没有过上自己想要的生活。

我也是忽然发现，其实我根本不知道她想要的人生是怎样的。可能她说过，我忘了。就像我到现在都记不起，那个生日玩偶的具体模样。她朋友圈最新一条动态是她生日那天在吃长寿面，我立马点赞。希望她每年都能这样一直一直快乐下去。

我想，我永远都会在这地球的某个角落，想到她的时候为她祝福。

毕竟当年她小心翼翼地塞在我课桌抽屉里的玩偶，是我仅有的记忆里，收到的第一份正式的生日礼物。

03

第一束玫瑰花

大学毕业那年的生日，一束玫瑰花摆到我的办公桌上。我马上发信息感谢朋友，开心、激动还有点害羞。

朋友说："有同事问起来，你要说是男生送的。"

我说："我不好意思看她们的眼神，已经说是女生送的了。"

朋友很无奈："完了，这花也是白送了。"

我乐呵呵还是很开心。

当然没有白送。那天我下班，抱着这束玫瑰花穿过公司、坐上公交、走过人行道、七拐八拐进了小区，把它插在床头的花瓶里，带着一种从未有过的仪式感。直到它干了枯了被扔了，过了很久很久，我都没再收到过人生中第二束玫瑰。

我曾无数次幻想过收到第一束玫瑰的场景。是在人群簇拥的热闹街道，是在千万只眼睛注目的高大舞台，是在静谧优雅的烛光餐厅？都不是。是在我最平常的 23 岁生日，在文件扎堆的办公桌前。那束自由浪漫的玫瑰就这样出现在压抑枯燥的日常。

那时候就觉得，有一个懂浪漫、懂自己的朋友，真是人生一大幸事。

后来我开始经常买花，家里的花就没断过，办公桌上的花草也没死掉。应该也是从那时候起，我开始减肥打扮自己。我知道，只有更好的自己，才配有更好的人生。

玫瑰花这种俗气又浪漫的东西，希望每个女生都能经常收到。

04

25 岁以后，好像不会再因为自己变老了一岁而跟亲朋好友聚在一起找快乐。

我每一年的生日愿望都是“健康、平安、快乐”。以前觉得自己没有追求，怎么着目标也要是赚一个亿再说啊。现在倒认为这六字愿望，才是世间最难实现的。

每年也会收到一些祝我快乐的生日礼物，一想到礼物背后的一份份情意，就觉得生活毕竟是美妙的，人毕竟是可爱的。接下来一年好好过，也许是给自己最好的生日礼物吧。

不管怎样，想跟自己说一句：今年辛苦了，生日快乐。

We do not even have the loneliness

阿爸的自行车

01

家里离镇上有段距离，没有公交车经过，步行还要一个半小时。我读中学那几年，每月放假回家，你都会骑着自行车到镇上的公交车站接我。确认同学都走了，我才下车走近你。

你在村里屁都不算。

整日吧唧两杯小酒，抽一包廉价的香烟，到村头老人堆里唾液横飞地吹上几句没人信的牛皮，或者玩上几把小牌，夜幕星辰下混着满身酒气，心满意足地晃悠悠回家倒头就睡。

你的一天，活成了一生。

02

“坐好了？走啦！”你喊着，我只看到你的后背。

“哦。”我跟你很少交流。

我是恨你的，男人该有的缺点你都有。但是我又不能恨你，因为你是我阿爸。如果每一个农村家庭有什么不幸，那可能大多是因为有个嗜烟酗酒脾气差，还没什么赚钱能力的父亲。

听说年轻时你不是这样的。

你刚毕业就在村里小学当起了数学老师，走到哪儿都被人“先生先生”地叫着，还弹得一手好钢琴，没事就逮几个学生站在一边听你啪啦啪啦敲着琴键。

1983年，你每周骑着破自行车，到四五十千米的县城去追求阿妈。微风轻轻吹，脚下的每一次踩踏，都是春风得意的步伐。外婆刚抽完你送给她的烟，感激涕零地拉着阿妈的手说：“教书的，不会差。”阿妈就抱着两床被子嫁给了你。

用自行车追来的阿妈，也过了一段不错的生活。你在学校上课，她在一旁当裁缝。阿妈是村里手最巧的裁缝，家里现在还保存着那台缝纫机。只是老了旧了破损了，跟岁月一样。那几年附近的年轻姑娘们都来向她讨教绣花的诀窍。偶尔你心疼阿妈工作辛苦，把班里的学生骗到家里帮忙剥玉米。

可惜好景不长，婚后阿妈并没有多幸福，一连为你生了五个孩子。妯娌关系也不是很好，经常受气。

生二胎把你的教师工作弄丢了，村干部每天来家里闹，要你交几万元罚款。“什么东西！出息了！”你无奈，带着阿妈连夜跑路，把大姐二姐丢在舅舅家养大。大姐从来不叫你爸爸，现在也是。

你是个极其好面子的男人，信誓旦旦：“不生个儿子绝不回去！”直到弟弟出生，我们一家子才回来挤进了泥瓦房。

你出逃后，到了外地，做了许多轻便杂活，也没个正经工作。开了一家小饭店，被你带着新交的朋友吃到倒闭；跟舅舅几个一起做生意，你把凑来的创业基金弄没了；买了辆三轮车打算收废品，又把三轮车弄丢。

那些年阿妈一直很苦。阿妈嫁给你时，留着全村女人都羡慕的乌黑长发，这头秀发总是吸引着路上的人。那年你生了肺病没钱住院，每天咳出黄色带血的痰液。阿妈拿起一把剪刀就把长辫剪掉拿去卖钱。我抱着阿妈，让她别动刀，她边哭边说：“头发没了，还能长。他没了，你们就没爸了。”

几个月后，阿妈洗衣服时从你衬衫上找出了两根长头发。

03

“前面那个是你同学吧。”你边骑边说。

“不是！”我把脸撇向一边。

我怕同学知道你是我爸。你不仅穿得邋遢，肤色也不好，还比我同学的父母大十来岁。你到学校来看我，班里的同学好心地提醒我：“你爷爷来找你了。”

我总是特意避开你，想方设法不让你出现在同学眼前，不让村外的熟人知道我有这样一个父亲。在学校我努力做个所有人眼中的好学生，懂事乖巧，成绩也好。一是我想跟你划清界限，二是优等生不带家长开家长会也能被原谅。

很小的时候，我还没有那样讨厌你。我是你的小女儿，你总是优先给我最好的。不管发生什么变故，你都坚持让我读书。

我考进县城最好中学的第二天，你穿起了几年没穿过的西装，擦了擦皮鞋，风尘仆仆地带我进城报名去了。而我的姐姐们，没有读完高中就被强行停止学业。

我恨过你，为什么不能多赚点钱，让姐姐们都能正常读完书？我也恨过自己，为什么要跟姐姐们抢夺改变人生的机会？其实我更恨的是，为什么要生这么多孩子？连基本的温饱问题都解决不了。

我的童年，除了好好学习，就是天天挨饿。

大概有大半年时间没吃上肉，家里找人帮忙做农活，中午顺便留人吃饭。阿妈咬咬牙到小店赊了一斤肉回来，配上几个菜就热气腾腾地端上了桌。因为菜少人多，我跟阿妈每次都主动避开，闻着肉香味躺在床上假装睡觉。

我听到你和弟弟嚼肉的声音飘进卧室，肚子空得难受，抱着阿妈哭了起来："我也想吃肉啊……"

阿妈突然抱紧我，眼泪哗啦啦往下掉。

只有我俩知道这件事。

04

"阿妈身体怎么样了？"我开口问你。

“还是老样子。”你转头回我。

“你别跟她吵架了。”我继续说。

这次你没有说话。

你们每天都在吵架。严重的时候，你会离家出走两三天，第三天晚上偷偷溜回来躲在外面的小隔间里。你跟阿妈分房睡，每晚睡前你都要把房门关紧，你说：“我怕你妈夜里进来把我害了。”

因为你们吵架，我整个童年都是灰暗的。我有想过在你们吵得不可开交的时候到锅台上拿把刀冲出去。我想过在你们面前伤害自己，告诉你们，因为你们无休止的争吵，对我的人生到底有多大影响。

我不相信爱情，或者是长久的爱情。我不相信婚姻，婚姻在我看来就是场磨难。我也不想生小孩，我怕他们会是下一个我。

可我又舍不得让你们难过。我还是要假装什么都没发生一样，在你们吵完以后，嘿嘿笑着端上做好的饭菜让你们消消气。我想着法子让你们开心点。

你们吵架的理由永远都很简单：缺钱，缺钱，还是缺钱。阿妈常年体弱多病，生了几个孩子没坐过一次月子，从医院出来第二天就下地种田。去医院检查无果，以后只要阿妈身体不舒服，花钱吃药，你就说她在装病。

有一段时间阿妈疼得活不下去了，每天都在盘算着“死”。她经常半夜醒来，疼得睡不着哼唧到天明。她找来绳子想挂在房梁上，又怕房梁和绳子不结实。我那会儿每天放学回家，第一件事就是屋前屋后找她，一到家就喊“阿妈啊，阿妈”。

我怕看不见她，我又怕看见她。

05

“抓好了啊。”车上颠簸，你叫我小心扶着你。

我双手拽着你后背的衣服，也仅限于此。

有那么一瞬间，我很想很想拥抱你，但是又不敢。我们之间从来没有过肢体接触。

你从来不抱我的。从来不。

你那双弹钢琴的手沾了泥土以后，什么都不想碰了。从此在家里变得沉默寡言，除了高兴的时候哼哼小曲，醉醺醺的时候骂骂阿妈，就没怎么听你说话了。

你时常默默坐在一边抽烟，也不跟我们讲话，烟瘾重时一天抽两包。没钱的日子，你就自己卷烟叶。放在簸箕里晒了许久的烟叶被你一刀刀切碎，你撕下我们作业本上的纸，一根根卷起来。放在空的烟盒里，装进上衣口袋。

你喝酒也很凶。早上配着稀饭咸菜，也要倒上一酒盅小酒吧唧吧唧。你喝酒的时候最开心，会轻松哼唱起来。我们姐弟几个迅速得到信号，瞬间放松下来，今天家里的天是晴朗的。但你喝多了也很讨厌，经常在别人家喝得酩酊大醉，阿妈每次过去劝你少喝让你回家，你就当着所有人的面骂她。好不容易把你拉回家了，你就连续骂她几小时，一句不停。

如果只是抽抽烟喝喝酒，倒也不是什么大事，偏偏你还喜欢赌。你不赌大的，但阿妈觉得你都是下大的。你站在村头麻将屋里“相眼”，阿妈知道了一定跑去抓你。

前年春节三十晚上，阿妈跟我刚从镇上澡堂出来，她就跑去那家麻将屋里找你。我在后面一直追着她跑。她刚到门口，就看见你手里拽着几张百元大钞打算下注。等我到了那里，已经看到扭打在一起的你们。阿妈要打你，你就往后退，围观的人假惺惺“拉仗”，责怪阿妈：“逢年过节赌个小钱，女人家就别管了。”

我冲上前去抱着阿妈，常年体弱多病的她，突然间力气变得特别大。我对你说：“你快走吧。”你不依不饶，很没面子，但也还是离开现场了。我抱着颤抖的阿妈，眼圈都红了。阿妈开始跟围观者哭诉：“他手里那几百元，够我一个月工资了！我这辈子都毁在他身上了！”

阿妈说完，我把脸撇到一边哭起来。我脑海里一直回想着“这辈子”三个字。这辈子，这辈子，我怀里抱紧的这个快60岁的女人，真的这样过了一辈子啊。

06

“最近工作还顺利吗？”我竟然也会关心你了。

“就那样，瞎忙喽。”你回我。

时间是个神奇的玩意，它让我们不知不觉发生了变化，有些变化并不是我们期待的那样。我对你的恨意，随着年龄增长慢慢释然。我讨厌你变老变弱，让我根本恨不起来。你为什么要变老，走路变慢，目光也和善，这样我就不能理直气壮地恨你了。

如果不是你老了，大概很多事情我也忘了。

小学五年级，我生了一场大病。那两个月，你在我每晚放学后，骑着自行车，带我去邻镇的诊所挂水。那时候下着雨，被冻得直哆嗦。夜路没有灯，我从车上摔下来，你推着我来回走了 8 千米。

大姐生了女儿第一次带回老家。你笑嘻嘻地站到门外抱着你的外孙女。怀里的她背对着你，你拎起她就开始蹦蹦跳跳，像个老顽童，还对我傻呵呵笑。你动作生疏得让我立马掉了眼泪。这是我第一次见你拥抱一个人，即使这个人的妈妈不叫你爸爸。

我高三那年，你每天骑车跑到镇上给我收集报纸，省报市报一张不错过，满满堆了五六箱。“你不是要当记者吗？给你看看这些报纸怎么写的。”我啼笑皆非，鼻子一酸。后来我真的考上了新闻学专业。当然跟那些报纸无关。

我要去武汉读大学。第一次去外省，你骑车送我到公交车站。我想说谢谢你让我读书，但还是忍住了。车来的时候，我突然转身抱了你一下，你眼圈红了。我立马往前走，走得很快。我总不能，也让你看到我在哭。

07

现在每年回家，你再也不会骑着自行车来接我了。你的电瓶车又快又好使，跟老妈人手一辆。你还是会提前到车站等我，远远地躲在一边。

“阿爸！”我老远就大声叫你。

我已经不怕别人知道你了，好像也没什么人关心这些。

岁月不会让我越来越恨一个人，只会生出不争气的怜悯。

我没有世界上最伟大的父亲，也没有这世上最糟糕的父亲。当我知道你的不完美时，我逼着自己一瞬间长大；当我理解你的善良时，我知道自己也在成熟。

尽管，我根本不喜欢用这种方式成熟。

三姐春节回家时说："阿爸骑电瓶车来接我了，突然觉得好幸福啊。"

是啊，我偶尔还是会恨你，可能一直会。

但是我也会慢慢接纳你，就像在颠簸的自行车上，你让我一定要抓紧你。

We do not even have the loneliness

寻 找

我要去邻居家看电视，这是我出门的目的。去哪家看？这倒成了我要面对的第一个难题。村里谁家第一个有电视机，我不清楚。但我清楚地知道，每晚哪些人家房间里忽闪忽闪亮着光，伴着狗叫声，房间里头传来电视的声音。

这个声音响彻着我的整个童年，只要一叫唤，我就赶紧跑过去，问一声："我能进去看电视吗？"如果对方回一句："来吧，一起看。"我就推门而入，乖顺地坐在电视机前的小板凳上，盯着屏幕一语不发。如果对方回一句："不行，我们马上睡觉了。"我就识趣地转身，躲在他们的窗户下，看看他们到底睡了没。

01

我决定把第一个目标放到我同学小海家。

我的同学，小海，那个学习成绩不好，总是坐在边上，托着两行鼻涕的傻子。村里人都认识他，隔着老远看见他晃晃悠悠过来，鼻涕邋遢。大家心领神会：哦，就是他了。

课堂上，他除了抄我的作业，就是趴在课桌上睡觉。上课铃声一响起来，他就跟死了似的，毫无生气。一听到下课铃声，他立马活了。如果不是因为有个大队部上班的老爸在后面给他撑腰，小海应该是被大家唾弃的对象。因为经济条件好，他家还拥有一台让我羡慕得要死的黑白电视机。

想到前天刚跟他吵了一架，在去他家的路上，我一直给自己做思想工作：去还是不去？

我家离他家只有50米之远，小跑几十秒就能到。不过今天这条路却过于漫长。我前进三步，就退回两步。去了显得我没骨气，不去了我心里又焦急。太阳照在我身上，我额头开始冒汗，很热。

小海为什么突然嘲笑我，我记不大清了。他在同学面前说我家里穷，还生那么多孩子，越生越穷。

“穷不穷碍你屁事啊！”

“阿爸说你爸这人没用！”

“有没有用碍你屁事啊！”

“是啊，有本事你以后别来我家看电视！”

“有本事以后别抄我作业！”

那天跟他吵完架，我走在回家的路上，一边想一边哭。我家为什么这么穷？我爸为什么这么没用？为什么我家没有电视？等走到家的时候，听到父母亲的吵闹声，我就什么都不再想了。

我现在站在小海家后面的窗户下，侧着耳朵听房间里的动静，蹑手蹑脚。房间里像是有人，不止一个。开着电视，应该是武侠剧。我的心被勾住了，抬起脚尖，偷偷从窗户往里看。窗帘遮住窗玻璃，但隐约能看到里面。

我看到小海带着四五个邻居小伙伴，一起坐着看《白发魔女》。还是那台黑白电视机，此时我躲在外面，只能看到一半屏幕。看到剧里女主角跟负心的男人互诉衷肠。已经播到这里了，糟糕，前面的剧情我都错过了。我有点难过，像错失了重要的东西，而且没有人等我把它找回来。

电视剧里接下来会发生什么？这个疑问深深困扰并诱惑着我，我必须得亲眼见证剧中人感情的发展。不行，我要再看看。为了能看到更多，我停下来，在周围寻找石块。搬来一块、两块、三块，垫在脚底。这下完全能看清了。

房间里的人坐在板凳上，我站在窗户边的石块上。剧情看得我一会儿笑一会儿哭的，不过我都偷偷地，尽量不发出声。

8 岁这年的夏天，我站在邻居家窗户外偷看电视。当时我不会想到，这个画面在我脑海里闪现了几十年，这个胆小又大胆的动作，像极了我整个童年时期的样子：鲁莽自负又畏畏缩缩。

我没看多久，听到房间里啊一声。吓得我赶紧从石块上下来，蹲在地上。

“谁啊？”小海对着窗户喊。

“装鬼啊，吓死人了！”又一个人的声音从房间里飘出来。

我心想这下不好了，必须逃，被小海发现可就闹笑话了。小海家的后面是一片庄稼地，种了玉米，还没长到膝盖高，在这里站着、蹲着、躺着，干什么都能被发现，必须逃。

我打算逃到小海邻居家那块地里，再从那边“抄”近路跑到我家后面的茅房里。我刚站起来，就发现自己的脚不听使唤，扭到了，该死。我扶着墙面，还没走几步，小海带着刚才屋里的那群人过来了。

“我说是谁呢？你在这里干什么？”小海问我，吸进吸出两行鼻涕。

“没，没干什么。”

“没干什么还躲在我家窗户后面。”

“啊，我只是……”

“只要你跟我道歉，就可以来我家看电视。”

我唯唯诺诺地扶着墙面，小海居高临下地看着我，这让我很不舒服。前天他骂我的情景历历在目，我怎可为了看几眼电视，而去跟这傻子敌人投降呢。

我看见路上的行人走过的时候总要盯着我看上几眼，甚至停下脚步端详着我，仿佛我是刚刚偷窃被抓的犯人一样。强大的自尊蛊惑着我，压抑着我的自卑。

“不。”我扔下这句话，从玉米地里出来，歪歪扭扭地走着、跑着、逃离着。我是真的很想看电视，可更不想给那傻子道歉。

我跑了很远，把所有鄙夷的目光和笑声甩在身后。到了另一条路上，我平复下心情，决定去我家后面的二婶家。

02

二婶家条件一直不错，因为有个能赚钱的二叔。他几年前买了个大型收割机，每到农忙，就开着他的收割机去每个镇上收粮食。那时候有机械的人家条件算不错的了，要是再有台电视机，更是不得了。

一般我都不大乐意去二婶家，她每次跟我说话都阴阳怪气的。

这不，我一进她家门，她就赶紧把篓筐盖上布，收起来挂在梁上，弄完了还若无其事地回过头来，笑着跟我说："呀，你来啦！"见我没说话，她又补了一句："来我家干吗呀？"

"二婶，我……想看电视。我听到你家电视开着的声音啦。"我实话实说。

"哦，这样啊，我正要关掉呢，看大半天了，电视也要休息一下。"

"我就看一会儿好不好？"我以恳求的语气对她说。

"那好吧，你在这里等一下。"她说完转身去房间了。

我留在这里等她，不知道等了多久。我开始起来走动走动。我打算看一下刚才篓筐里到底装了什么东西。

篓筐被挂在长线钩子上，我够不着，就搬来一个椅子放到篓筐下面，小心站了上去。掀开遮布一看，里面确实装了许多宝贝：馒头、包子、狮子头、烙饼，还有中午没吃完的猪肉，和一条只剩下骨刺的鱼。这筐好吃的，把我对二婶的怒意牵扯出来，当即想到一件旧事。

爷爷去世那几天，大家都在给爷爷操办葬礼。我父亲母亲负责去外面租桌子椅子，采购各种物料。二婶和大婶在厨房理菜、洗菜、切菜。

当二婶切到牛肉时，我们几个孩子的眼珠子就没有离开过切菜板。这种牛肉是我们老家的一绝，不像南方那种水煮牛肉，没嚼劲。老家这种卤过的牛肉，外红里香，好吃极了。

二婶看着我们几个人，停下手里的刀，给我们每人发一片。她刚发完自家的两个孩子，到我们这边时，我和我姐、我弟一直等着，她手里一顿，说了句："一家两块，不能再多了。"

我一听生气了，就是从那时候起，我开始讨厌她的。我把遮布又盖了上去，走下椅子，一屁股坐在椅子上。这时候二婶来了，她掀开帘子招呼我说："来，进去看电视吧。"

不知为什么，我突然不想看了，没心情看了。看到二婶这张不怎么好看的脸，又浮上令我讨厌的虚伪神情，我还是跟她摇摇头走开了。

我走的时候，还不忘回头看了眼她家的卧室，电视声音响个不停。我的脚步顿了一下，停了两三秒，不过还是走了，一刻都不敢耽搁。

03

我出了二婶家的门，就看到了母亲。

她扛着铁杵，裤腿卷到膝盖上，小腿肚上全是泥，看样子是刚从田地里上来。母亲老远就骂我："你个'电视霉'又去看电视了吧！作业做完没？”我这个在地里忙了一辈子、面朝黄土背朝天的母亲，除了关心我的成绩，跟她我也就没有话题可聊了。

“早就写完了。”我怏怏地回答。

“写完就回家去。”她对我还不满意。

“哦，马上。”

我走得很慢，小心跟在她后面，待她进了家门后，我一转身跑远了。我还是要去找个人家看电视。除了看电视，我不知道还能干什么。有时候我也在想，我为什么会对看电视这么痴迷，好像看电视是唯一可玩的。我也想过去找伙伴们玩，可没有固定的玩伴。

村头的寡妇对我倒是客客气气的，但她的房间里总是坐满了打麻将的男人，他们抽着烟，吐着一口口浊气，我被熏得要死。寡妇忙着周旋在桌上，也跟我说不到两句话。

一个人在家的时候，我找不到任何可以消遣的方式。只有出门看电视，才不算虚度时光。我整个童年时代，看电视是唯一的娱乐方式，长久的、具有魔力的一种方式。

有时一部电视剧能让我心心念念两个月，电视里主人公的生死命运，让我牵肠挂肚。我会为了《小李飞刀》里的林诗音痛哭流涕，会为了《西游记》里被抓的师父和被误会的悟空而难过，会为了《吕不韦传奇》里大尺度的床戏而脸红心跳，也会为了最后去送死了的马永贞而懊恼。这些人的前途，总是牵动着我的心，有时漏掉一集两集，我会茶饭不思。

不行，我还是要去看电视。这回，我把目标放在了村头寡妇家旁边的小卖铺。

村里的小卖铺，几乎家家都有一台电视机。电视机白天几乎都是开着的，放几部僵尸片、武侠片或动画片，一群孩子坐在里面闹哄哄的，热闹极了。很多村民被这“人丁兴旺”的店铺所迷惑，也过来看看瞧瞧，捎带着买一斤猪肉、二两小酒。

我走到小卖铺门口，在外面就看到里面黑压压一片。都是我认识的村里的小孩，他们手里有拿着甜甜的冰棍，有拿着两毛钱一袋的方便面，也有拿着黏牙齿的糖片。边吃边看，边看边吃。身无分文的我，站在外面，想进又不敢进。

我是不常来这家的，唯一记得的，还是 1997 年 7 月 1 日那天香港回归，学校给我们放了一天假看直播，我混在这家小卖铺的人堆里，乐呵呵地盯着屏幕上正在阅兵的队伍。

此时店铺里放着动画片《龙珠》，里头传来一阵一阵的笑声。我要进去，我要去看动画片，我要成为他们的一员。我想回家跟妈妈要两毛钱来这里买零食，这样我就能理所应当地跟他们一起了。

可我知道回去只有被她骂的分儿，说不定还出不来。没钱怎么办？只能厚着脸皮走进去。

我走近一步，心里就紧张一分。到大门处，把头伸进去张望下。我的天！坐了满满一屋子的人啊。我看到店铺家的儿子小华坐在第一排。

有时我觉得上帝是公平的，平时村里有钱人家的孩子，学习成绩都很一般。而没钱人家的孩子，成绩又很好。

但成绩好只在学校里才能发挥作用，出了校门，走在村上，大家只认有钱人的孩子。

村里头，几乎家家户户都会欠着村头小店铺的账。我爸就是，去店里赊两瓶白酒要挂在账上，去店里赊一袋化肥也要记在账上。有时他是忘记带钱了，有时他是嫌麻烦不想掏钱，有时他是没有钱。总之，每年年底，店铺主人就到处上门收账。

往日我不跟小华玩，小华也看不上我。他身边不缺围绕着他转的同龄人。我站在他家店铺的门口，他也没看到我。好在还有一个座位，在最后一排，我战战兢兢地跨进门里，直接走到那个空位上。

这长板凳只能坐两人，那头被村里的小胖坐上了，小胖比较善良，没欺负过我。当她发现我坐在旁边时，只是笑笑，就继续啃起了她的粘牙糖，不再看我。

终于看上了电视，一颗心终于落下。我很快忘记之前两次被拒的悲伤，跟着大家认真看屏幕。几分钟后，一集动画片就结束了，这让我又皱起了眉头，还会继续播下一集吧？我在等着。

这会儿小华他妈妈却过来了，那个又矮又胖又凶的女人，她走到电视机前，用力关掉，转过头来对大家说："都回去吧，太晚了。"她的余光好像刻意看了我一眼。

我讨厌她。每年年底她到我家要账时，都大声叫嚣着，生怕全村人不知道我家欠她的钱。每当她颐指气使地从我家走后，我跟姐姐就躲在后面议论："有什么了不起，小华反正也不是她亲生的。"人们好像总喜欢拿弱点去攻击别人。

小华妈妈在赶我们，有几个小孩灰溜溜地跑了，我也赶紧跟在后面溜走。

这时候天色已晚，西边落下的夕阳，红红的一个点，照映在整个村庄上。我不知道自己是带着怎样一种情绪，走在回家的路上。

我走到一半突然停了下来，第一个念头是要回去看看。对，回去看看小店铺有没有人继续看电视。我还不死心，觉得事情不会那么简单。

当我走近店铺时，突然听到播放的动画片的声音，那一刻我悲痛极了，心里说不出的难过。我站在外面张望，里面坐着小华一个人。他一个人在看一整台电视机，绝望与悲伤笼罩着我。我飞快地跑到外面，希望夕阳快点消失，最好黑夜马上布满天空，盖住我这难以诉说的失落。

我就这样被骗了一次，又被拒了一次。我决定再也不来他们家了，以后也不来买东西，也不让爸爸妈妈过来买东西。

04

我继续往家里走，天色慢慢暗下来，但没全黑。夏天的傍晚也还是闷热的，蚊子扑向面上身上就是几个红疙瘩。我走到了大队部，看到一群人。这里每个月都有一场露天电影放映，那天正是放映的日子，也许在这里也能过足电视瘾。

露天电影，大人是去看剧情的，小孩子是去看热闹的。师傅在那边整理放映设备，一群小孩早就端着小板凳占好了位置，没位置的人，要不站在后面和旁边，要不就爬到放映场院边的树上、草堆上，反正怎么开心怎么来。

我对手撕敌军这类电影没兴趣，看着看着就没了兴致。里面有点挤，我跑到草堆旁边，打算躺着休息下。

我听到一阵阵喘息声，像是被欺负的女人在叫唤，还伴着一两声男人的气息。我走过去一探究竟，却没想到撞见两个没穿衣服的人。

我想起电视里也会遇到男女亲热的场景，但最多接个吻，就盖上了被子，或者吹灭了灯。原来他们关灯盖被子以后，居然是在做这种事。这可比电视好看多了。

我不敢叫出声，也不敢告诉任何人，跟着他们一起紧张起来。我退坐到草堆边上，没看他们。只得守在那里，时不时转头看下人群，生怕有人过来告发他们。直到男人嗷地叫了一声，他们才没有了动静。

等他俩穿好衣服一前一后走出来时，我才发现那个男人是学校旁边的张二爷，至于女人，我没看清，像是村头的寡妇，不过不确定。

张二爷是我们村里唯一拥有彩色电视机的人。他在外面打工多年，发了一笔横财，回来就显阔多了。

大晚上的，他居然在草堆里跟女人做那事，这让我兴奋又紧张。我像抓住了救命稻草一样抓着这个天大的秘密，这个只有我才知道的大新闻。如果我就此尾随他们，如果他们还要做那事，我一定会在他们正高兴时冲上去。那时候我就可以跟他说："以后要让我去你家看电视。"

但我没有，他们出来后就分开走了。一个往东，一个往西，像是没有交集的路人。我有一种到手的鸽子被自己放飞了的感觉。

我就是想看个电视而已，为什么这么难呢？小海不给我看电视，二婶家也不愿意接纳我，小卖铺的小华妈妈也讨厌我。就连在外面看露天电影都能遇到这种事。

我绝望极了。

我把最后的希望寄托到邻村的老太太家里。

05

老太太常年独居。儿子和儿媳去市区买了房子，她喜欢乡下，在这里住了一辈子，离不开了。老太太一个人守着两层小洋楼，一楼的大厅放着电视和沙发，她算是邻村屈指可数的富人了。

只是这人脾气有点古怪，她喜欢拉着小孩子讲一些老旧的鬼故事。我母亲一直让我离她远点。她家离我们村很近，两村一河之隔，几分钟就走到了。

现在这个时段，晚八点黄金档的电视剧已经播了，我听见老太太屋里电视的声音，《包青天》的主题曲已经响起来，黄安在电视里唱着《新鸳鸯蝴蝶梦》。我一兴奋，赶紧敲着门，希望她开门，希望她接纳我，希望她让我看一回电视。

没想到帮我开门的是老太太的儿子，他好奇地看着我说："找谁？有事吗？"他应该早就不记得我了，我对他印象也不是很深。我探着脑袋往里张望了几下，除了老太太，还有她的孙子孙女，他们一家坐在一起看着电视，其乐融融。

我被这个画面刺激着，内心的欲望终究蠢蠢欲动，受了一天的委屈，必须说出我的心声，我说："阿妈让我来借手电筒。"

男人听完后点了点头，说："进来吧。"我走了进去。老太太家的地面铺上了瓷砖，瓷砖上还铺上了地垫，连挂在屋顶的灯都是有纹路的。

屋里太干净，我正在考虑脱鞋子时，男人说："你在外面等一下吧。"我心想这是门都进不去了吗？

老太太见我，突然对我笑了，说："不用脱鞋，你进来吧。"她这句话让我彻底放了心，因为担心自己有脚臭，也害怕左脚那只破了洞的袜子被人看到，更恐慌自己进不了屋看不到电视。

进去后，看见她的孙子孙女。之前他们跟我一起在村里读幼儿园，很久不见，他们穿着洋气的衣服，像城里的小孩，他们自顾自地玩着手里的拼图，吃着葡萄，不理我。

"你坐沙发上吧。"老太太很客气地让我坐下。我还是第一次坐在这种软绵绵的东西上，比我家里的床还要舒服。

"吃点香蕉吧。"老太太把香蕉往我这边推一推。我连连摆手，能看到电视就不错了，还让我坐在沙发上，还要给我水果吃，我不好意思，赶紧拒绝了。

我一直窝在沙发的一角，屁股都不敢动几下。男人找来手电筒，递给我。我接过，说了声："谢谢。"

我没走，就是坐着，耐着，消磨着。

他们没再关注我，一家人有说有笑，我放松了许多，也配合着傻笑几声。这时走进来一个女人，是老太太的儿媳妇，她穿着一件粉红色的衬衫，我对她没什么印象，她的打扮像个城里女人，很洋气，有气质。

她端着一个大盘子过来，里面放了几片西瓜。西瓜红红的，上面还有几个黑粒子，在这夏天的夜晚吃上两片，肯定身心舒爽。

她把西瓜送到女儿身边，女儿专注地玩着手里的东西，不理会。她笑了笑，又给儿子送过去："吃不吃？"儿子不耐烦，回了句："不吃不吃，吃腻了。"

女人又笑了笑，把西瓜放到我边上，说："拿一块吧。"她慷慨施舍的样子，客套中有种冷冰冰的距离感，但不管怎样，我还是感动了。

我赶紧拿起一片吃起来，可能是吃得太急，嘴里掉了一块西瓜到沙发上。心想这下尴尬了，大家看到会不会嫌弃我。我就是来借个东西，还进来吃人家水果，还把人家沙发弄脏了。这沙发应该很贵吧，只有电视里才有的。我肯定是赔不起的，父亲母亲知道了得打死我，我再也不能跑出来看电视，也吃不了这种西瓜了。

怎么办，我好害怕。

等我缓缓抬起头来，看到两个孩子坐在一起玩拼图，女人和男人相互说笑，老太太品着西瓜。没有人看着我。他们很热闹很美好，可是这热闹和美好不属于我。

我突然觉得自己的担心是多余的，自己更是多余的。我进了人家房门，拿到了手电筒，也吃了人家西瓜，还有什么理由继续留在这里看电视。我鼓足了所有勇气，说了当天最违心的话：

"我先回去啦。"

说完我赶紧跑了出来。老太太在后面叫了我一声，我也没答应。身后的场景像是我童年一直想得不可得的梦，我配不上这里的一切。

我走出来，这时候温度已经降下来了，月光照在地上，我没开手电筒，摸着熟悉的小路往家走。仍能听到狗叫声，能听到知了在树上叫唤，能听到自己急促的脚步声。看见路旁的小溪在月光下闪着波光，还看到几户人家屋子里透出来的光，他们应该也在看电视吧。

这条路上只剩我在走着。抬头看了眼月亮，她在离我很远的地方，看着我，审视着我，笑话着我。

我心里突然悲伤起来，眼泪开始往下掉。这种难以言状的酸楚一直包围着我，我的整个童年。但不管怎样，我都告诉自己：明天醒来，我还是要去邻居家找电视看。

We do not even have the loneliness

弃爷

01

小四爷是我爸的亲弟弟，老家那边叫“爷”不叫“叔”，他排行老四，又是最小的儿子，所以我们都叫他“小四爷”。

从我记事起，小四爷就有智力障碍。听长辈们说，小四爷小时候感冒发烧，被抱到村里的诊所治疗，老庸医用错了药，从此他脑袋就不清楚了。他是我们村里出了名的“大痴子”，最大的爱好就是报天气预报，时常自言自语“今天晴转多云”，“今天有雨有雨”。

他成了村里的天然播报机，跟点歌台一样，一点就播。无论大人还是小孩，都喜欢围着他。一出门，总会有一群人看他逗他调戏他：

“小四爷，吃没吃饭？”

“小四爷，今天跟你爹吃死鱼没？”

“小四爷，快说说今天有雨吗？”

“小四爷，这是几？”

我的小四爷总是咧着他的大黄牙，歪着脑袋，用手挠着蜡黄的瘦脸，对着所有围观者嘿嘿笑，大声报给大家“有雨有雨”。别人越是起哄，他就越兴奋。我隔着老远看到了，会绕过他们低头迅速跑开，边跑边在心里怨念：小四爷，真是我们家族的耻辱！

在很长一段时间里，我都不能理解他每天在想什么，为什么要去做一些奇怪的事。他是一个天生的异类，所有人都把他当成游走在世间的怪物。怪物是自由的，但这种自由不被羡慕。怪物是没有思想的，正常的人类可以随时使唤这个怪物。

02

父亲经常使唤着小四爷，不是让他去村头小店买瓶酒，就是去地里扛些稻谷。小四爷乐于被使唤，他像是终于找到了自己的存在感，作为一个人来说，还是有利用价值的，也就乐呵呵跑腿去了。

每逢农忙，父亲会让小四爷来我家看门，让他照看晒在门前的谷麦。场上铺满了粮食，太阳很晒，小四爷一人坐在外面直流汗。

有时我从河边玩耍回来，刚进屋就被躲在门后的小四爷抱起来，他那张恐怖的大脸突然靠近我，咧着满口黄牙就要亲我，吓得我哇哇大哭：“你要干吗！你走开啊！”小四爷不安地放开我，蹑手蹑脚地待在一旁，依然嘿嘿笑着挠着他的脸。

爷爷去世前，小四爷都跟他生活在一起。这个重男轻女的爷爷，从来没正眼看过我跟姐姐们。每年春节给爷爷磕头拜年，男孩会收到5元钱红包，女孩是5毛或1元。他咳嗽着把薄薄的红包发给晚辈，表情中闪现一种慷慨的施舍。我拿起钱，赶紧逃出那个黑暗难闻的房间。

爷爷喜欢带着小四爷去村里的鱼塘捞些已经死了几天的臭鱼回来。一来省钱，二来他们觉得臭鱼烧出来的味道很“香”。我的父亲和叔叔们都沿袭着这个特别的喜好。偶尔我家的餐桌上，还能摆上一条父亲弄来的死臭鱼。就着鱼“香”味，父亲的嘴巴在小酒盅上“吧唧吧唧”，随即哼起了欢快的小曲。

03

有次突然下雨了，我跟同学都在教室等着家长送雨伞和雨靴。每来一个家长，班里的男生都要大喊：“×××，你的爸（妈）来了！”然后我们一齐看过去，看看这大人跟小孩长得像不像，看看这大人穿得时不时髦，看看他们送的雨伞漂不漂亮。

我没能等来爸妈，倒是等来了一句：“小七啊，你的小四爷来啦！”然后全班哄堂大笑，我的脸瞬间红到耳根了……小四爷蓬头垢面，把雨衣夹在胳肢窝，歪歪扭扭地走到教室门口，依然笑嘻嘻的。他喜欢被众人关注，这是他最兴奋的时刻。

他东张西望地在人群中到处找我。还不满6岁的我红着脸立马冲到他面前，用力一把夺过满是补丁的雨衣。我把补丁搓在一起不敢让人发现，并抬头呵斥道："你赶紧回去啊！"小四爷歪着脑袋说："今天有雨有雨……""好了好了，我知道了，你快回去！"我打断他，硬是推着他往外走。

外面雨下得很大。

等我放学走出来，突然看到站在校门口的小四爷，他没打伞，也没穿雨衣，雨水把他淋湿了，他好像也不在意。那张蜡黄的瘦脸，那双灰暗无神的眼睛，一看到我，就乐呵呵笑着。我把脸撇向一边，飞快地走过他，我不想让人看到我跟他在一起。

"小七，你小四爷在后面啊！"

"小七，怎么不跟你的傻四爷一起回家？"

"小七，你家的大痴子在等你啊！"

"小七，你的小四爷成了落汤鸡啦！"

"滚！"面对同学小天的嘲弄，我恼羞成怒地骂了回去。小天不依不饶，挡在我前面，围观的人越来越多，我用力推了一下小天想尽快结束这场让我无比羞耻的争执。可小天突然上来踹了我一脚，我一屁股坐下来哇哇大哭："狗小天，你爹是队长就了不起啦！"

就在此刻，泪眼婆娑的我突然看到小四爷冲过来。我的哭声惊动了他。小四爷迅速拨开围观的人群，挥着手抓起小天的衣领就把他推倒在地，我还从来没有见到他有那么大力气。

小天吐了口唾液，恨恨骂了一句："他娘的，你个大痴子敢打我！"他立马教唆围观的哥们儿，也就是他的同班同学，对小四爷开始拳打脚踢起来，小四爷吓得东躲西藏，但还是被打哭了。他们走后，小四爷慢吞吞站起来拉我。他扶着我，我扶着他。我俩边走边哭。

经过这么一战，我跟小四爷的关系稍稍近了一步。我对这个怪物叔叔的情感开始变得复杂。为什么这么可耻的人，偶尔也会让我有那么一点点感动和自豪。那天也是我第一次，敢跟他一起走在外面。

04

没多久，我那喜欢吃臭鱼的爷爷，就死在了当初将小四爷整智障的诊所病床上。我隐约听到大人们在议论：爷爷挂错吊水了。

自从爷爷去世，小四爷轮流在三个哥哥家生活，亲哥哥也容不下一个白吃白喝的傻弟弟。小四爷每次吃饭，都不能上桌。村里人问起来，大嫂嫂就说：“这四爷吃个饭打喷嚏都对着桌子，咿，太恶心了，谁还敢吃？”小嫂嫂也说：“几百年吃一次肉，他嚼着嚼着还给吐了，嫌肉太肥。我家那些孩子眼巴巴看着，连肉汤都喝不起呢！”

嫂嫂们饭前把做好的青菜叶夹一点到他碗里，他会主动端个小板凳，默默坐在墙角，拿起筷子飞快地往嘴里塞。

很快菜就被吃完了，他慢吞吞嚼起米粒来开始左顾右盼，一双灰暗的眼珠突然迅速转动。偶尔我家桌上会出现几片鱼肉，菜香味总是引诱着尚未饱腹的他，实在忍不住了，他会突然站起，两步就能跨到桌旁，夹上一块肉片或鱼块，塞进嘴里立刻狼吞虎咽起来。

父亲这才反应过来，放下他的小酒盅，口里的欢快小曲变成拍着桌子的怒骂：“小四子，神经啊！滚一边去！”

小四爷立即蜷缩在一边，我们不收拾碗筷，他不会动一下。

他像是一个累赘，算不上一个完整的人，却确确实实是个完整的存在。嫌弃归嫌弃，总不能放弃他。小四爷不仅吃不好，也睡不安稳。没有人愿意让他睡正房，他通常都被安排在厨房旁边的小隔间。那会儿我家的房子四处透风，一下起雨来没一处落脚地，我跟姐弟抱床被子，躲在大木桌下勉强睡上一夜。一年四季没有消停过，夏天炎热飞蚊子，冬天寒冷进霜雪，小隔间尤其如此。

有一年冬天，零下十几摄氏度下起了大雪，小四爷偷偷跑到灶台旁的草堆里睡下。那晚他胆子突然大起来，在深夜悄悄点起火来取暖，凌晨我们被火烟味呛醒，父亲突然跳起来冲了出去："混账！"等他过去时，小四爷裹着单薄的被子睡得好好的，但被角已经被烧煳了。父亲把他拖出来，用了两小时才扑灭了火苗。

05

养一个废物已经很麻烦了，更麻烦的是废物还在制造麻烦。

没多久，小四爷就被送到了镇上的敬老院。那时我在县城读中学，不常回家，逢年过节才能见上他一次。我的大爷三爷后来也不管他了。每回父亲骑车接他回来吃饭，都要从村里绕一圈。在东村见到熟人就开始叫唤着，在西村麻将屋前还要专门停下来。我说："你不累吗？"他总是大声吼道："你懂个屁！我就是要让全村人都知道，就他二哥一人带他回来过节啦！"

父亲偶尔会去敬老院看他，带些自己不穿的破衣服和我母亲新腌的咸菜。"你别给他冻死饿死啦！上辈子你欠他的，这辈子他才会托生成你弟，你要好好还债。"信佛多年的母亲经常跟父亲念叨着。父亲每次离开敬老院不久，塞在小四爷床下的咸菜都会被看管员夺走。他的智障室友胖子，白天抢他零食吃，晚上到他床上撒尿，冬天还要抢他被子盖。

有人的地方就有江湖，有江湖的地方就有规矩。小四爷到敬老院那边，经常因为触犯那里的“规矩”，三天两头被里面的人打。被夺食物还是轻的，说错话会被打，偷藏吃的会被打，没有叫他们大哥也会被打。这孝顺老人的敬老院，一时间成了等级森严的牢房。有几次他被打得急了，一个人半夜走了十几千米路偷跑回我家。他小心翼翼地敲开门，捂着红肿的半边脸哭哭啼啼地对我父亲说：“二哥，他们又打我……又打我……”

“混账！老子去搞他们！”第二天父亲骂骂咧咧地骑着车带他回去了，到那边又是送东西又是赔笑脸的，求着人家一定要继续收留小四爷。

06

突然有一天，小四爷没了。失踪了。

整个村的人都在热议，小四爷怎么说没就没了？有人说他被敬老院的人打跑了，有人说他失足淹死了，有人说看到他跟着一辆车走了。议论纷纷，什么版本都有。

这个村庄因为丢了小四爷，再一次变得热闹起来。那几天，全民掀起了寻找小四爷运动。一点点捕风捉影都能成为街头巷尾的话题。大家走亲访友之时，总不忘跟亲友传达下他们的“担心”。于是知道的人越来越多，但小四爷的消息却越来越少。渐渐地，没有新料，一个话题传来传去，热度也就过了，村民终究还是对他失去了兴趣。小四爷从炙手可热的“第一村红”一下子沦为无人问津的过气失踪人口。

我那总是在头上包着一块头巾的母亲，一有空就骑车出去找他。她出门前会在正厅香炉里插上三根香，求神拜佛希望找到小四爷。几年下来她跑遍了全市大大小小的乡镇，骑坏了几辆自行车，都没有任何线索。

后来我们放弃了，没人提起，我都快忘记他了。偶尔在回家的路上遇到当年欺负我的小天，才会想起我家那个失踪了的小四爷。

好多年了，小四爷彻彻底底地消失在村民的嘴里。这个村庄，并没有因为消失的四爷，而有什么异常。大家依然日出而作，日落而息。每年也会被几个八卦事件吸引着围观一段时间，但除了农妇们那几张嘴，生活总归是没有太多变化的。村里有老人死，也有新人生，有儿子娶妻，也有女儿出嫁。每个人的去留，都是一件极其平常的别人家的小事。后来，就真的没有人提起了。那个突然在敬老院消失的小四爷，成了弃爷。

07

永远不要低估命运的安排。

当你越要寻找一样东西，它越是跟你藏着不见。可当你已经快忘记时，它却一夜之间挡在你眼前。

“小四爷找到了！”那天，村头村尾、家里家外都在重复着这句话。他突然被村里跑运输的王大爷发现了。在一个极其平常的晌午，小四爷再次闯进村民的视线，消息几小时内传遍了整个村子。

“开始没注意到，他一直对我笑着，我想可能就是一个捡破烂的傻子吧，可他突然报起了天气预报。我当时就发现那是小四爷啊！”王大爷一脸得意地挥着手，唾液横飞地跟村里人侃侃而谈。

小四爷回来时面目全非，头发几年没剪都快长到屁股了，一身酸臭味，破烂的衣服油腻腻的，整个人骨瘦如柴。但依然对我笑嘻嘻的，歪着脑袋想上前跟我说话，又说不出。父亲请王大爷大吃了一顿。我大爷和三爷不好意思，也轮流请他吃了饭。

08

后来，父亲跟叔叔们盘算着，要不帮小四爷讨个老婆吧，还能照顾他。在老家，有生理缺陷的人找对象，都会顺带配一个有缺陷的。瞎子配瘸子，聋子配哑巴，离异配丧偶。像小四爷这种，情况比较特殊，在相亲市场上根本没有竞争力。哥几个商量着给他讨个媳妇，从邻县找了个又矮又胖的姑娘。

媳妇讨来了，白白净净，勤快利索，就是离过婚。3年前嫁给缺条腿的山东大汉，没多久她男人就死了。“不过这小媳妇配小四爷还是绰绰有余的。”村里那几个农妇，说完还吐了吐嘴里的瓜子壳。

媳妇进门后，小四爷时常痴痴笑。大家心想，看来这媳妇没白买。直到半年后，小媳妇跟侯村鳏夫好上了，被当场抓到。

小四爷被一群大汉推赶着进屋，屋内瞬间安静，在场的所有人都在期待着什么。可他走上前去，把被子往她身上一盖，还是在边上痴痴笑。

第二天，小媳妇就跑了。说是出去打工了，反正再也没见过这个人。小四爷不会睡媳妇的笑话，让整个村子炸开了锅。像是意料之中的，又比意料中更刺激一点。大家见到小四爷，不再问他天气情况，而是挤眉弄眼问四爷："想老婆吗？""怎么不把她找回来？""现在晚上一个人睡吗？"

好面子的父亲气急败坏，每天回家都是摔着门进来的。他也没办法，让小四爷暂住在我家小隔间里，每天嘴里骂他几百次"废物"。

09

父亲让小四爷没事别出去乱跑，在家待着。小四爷的活动空间也仅限屋前屋后，在小隔间一坐一整天，在茅房旁边一蹲一下午。村庄有一点不好，就是人言可畏。一点点小事传得满村风雨，人人尽知，还夹杂着各版本的流言飞到家家户户。但村庄也有一点好，传得越快的事情，越容易被遗忘。一季农忙、一个春节，就把庄稼人忙得翻新了。再聊小四爷已经不是什么时髦的事情了，于是任由小四爷生生死死。

那会儿我已经在县城读初中了，每月回家一次，周日下午我就收拾收拾准备回学校。我一点都不喜欢学校生活：孤独、贫穷、想家。每次回学校，都会坐在父亲的自行车后偷偷擦眼泪，等上了往县城的公交车，终于克制不住地哭起来。

有几次我要回学校，小四爷站在门前，偷偷看着我，我走到哪儿，他的眼睛就盯到哪儿。我提着行李包要出门，他突然走到我旁边，把苹果、橘子或者馒头什么的往我手里一塞，看都不敢看我，迅速跑开。我走出大门，回头还能看到他躲在小隔间的窗户里，仔细打量我。我鼻子一酸。

10

小四爷在我家住了一段时间，就吵着要回敬老院。他的室友胖子已经不在里面了。可能是被家人接走了，也可能是去世了，我记不清了。没人再欺负小四爷。

我读高中以后，见他的机会更少了。父亲也不常接他回来。“他回来干什么啊？在敬老院舒服着呢！”每回母亲提起，父亲就把烟头掐灭开始骂骂咧咧。

路过镇上的敬老院，我也从来没有进去看过他，怕他不认识我了，其实我也不经常想到他。大概几年能见到小四爷一次，他越来越胖，也老了，还有了白头发，今年也快 60 岁了。

上回见到他，他隔着老远，慢吞吞向我走来，笑嘻嘻地说：“今天没雨没雨。”

We do not even have the loneliness

没用的桂荣

01

桂荣醒来时，屋内已经照进了微弱的光，隐约能分清墙壁和床的位置。她侧身看向窗外，这会儿五更快过了。外面传来的几声鸡鸣犬叫，提醒她时间确实不早了。这个时节还在农历二月，北方的寒冬没有正式过去，冷不丁就是一场雨雪。桂荣坐起来，把昨晚脱下盖在被子上的棉袄披在肩上，她没有离开被窝。

房间还是冷的，空调挂在墙上，也没有开。桂荣抬头看了眼这台微微泛黄的空调，记得还是3年前，她男人李建成花了3000元钱，从镇上扛回来的。当初买这空调也是迫于无奈。大女儿自从嫁到外地，逢年过节才能带着女婿和外孙女回来一趟。每回走进屋内，夏天热得直冒汗，冬天冷得打哆嗦。不出三日，外孙女脸上不是痱子就是冻疮，小孩子觉得来乡下好玩，乐呵呵也不在意。但沉闷的女婿还是看在眼里、热在身上、记在心里了。桂荣跟李建成一商量，还是去搬一台回来吧。

这空调也就过年那几天吹上几日，夏天三十八九摄氏度的高温，桂荣和建成也舍不得开。“真是的，这空调真费电！”建成热得直骂娘。跟以前一样，每年夏天，两人还是吹着电风扇过来的。热风呼呼送到身上，吹得人头昏脑涨。一晚上要热醒几回。早上醒来发现头发湿了，黏稠的汗液已变成碎盐块。

桂荣把棉袄穿了起来，还是没有下床，她摸黑打开床边的灯开关，房间立马亮起来。看到桌子上是她昨天准备的行李，不禁陷入了沉思。从前的几十年，都是她送别亲人离家，今天这些包裹，却是给自己准备的。

她想到孩子们过完年陆续离开，走时她还挨个塞了几大包东西。是她熬了几个晚上做的藕饼、肉包、豆沙包、米糕，还有咸菜干、油炸秋刀鱼，就连大米、麦子她都想往孩子那里送。

小女儿最调皮，每回桂荣在她临走时塞给她，她都一脸不耐烦，连连称：“阿妈！这些都有的！不用带！买得到！太麻烦了！”桂荣担心孩子在外面吃不饱，吃不到家里的特产，或是外面的物价太高了，买东西贵，她恨不得把家里能吃的都给孩子带走。几个孩子也是半推半就，勉强带走一些。

只有小女儿会把这些东西偷偷塞到被窝里。以前小女儿读书时住校，临走时都会来这么一出。今年初五那天，小女儿回去上班，提着行李要走时，桂荣掀开床上的被子，果然看到刚刚装的东西全部在这里。当场被抓到，小女儿哭笑不得，只好带上。“阿妈，你太狡猾咧！”女儿故意怪嗔道。“带着咯，外面贵。”桂荣一边笑着一边把袋子装进女儿的行李箱。

想到这里，桂荣在心里乐呵着。有孩子在身边，终归是有着落的。她打算起床收拾下，把昨天整理好的食物，等会儿一起带上车。今天是个特别的日子，可以说是她活了58年来最特别的一天，因为她要去外地了，去找她的孩子们，去过另一种生活。她鼓足了勇气，要离开这个鬼地方。桂荣做这个决定并不是仓促的，可以说她这一生都在准备着。

02

年前她还在镇上的派出所里做饭，这份工作她一干就是十年。她摸准了所有人的口味，所里十七八个干事，从所长、书记到大队长、联防队长，甚至连记账的会计，谁爱吃辣，谁喜欢吃鸭肉，谁不爱吃香菜，她都记得清清楚楚。甚至连每个人专属的盛饭的碗，她洗完后，都能摆在正确的位置上。

她做这份工作时，才48岁，所里会计每天给她100元菜金钱，随便她买什么，保证三餐有肉、每餐不少于5个菜即可。她每天5点起床，骑着车去派出所旁边的集市上买菜，天还没大亮，她就把粥煮上了。

因为她踏实肯干，终于说服了局长，让她男人李建成进局里做门卫，辅助做后勤，每天洗洗厕所。两人拿着一样的工资，10年内，从500元涨到800元，中秋、春节还能收到月饼和粮油，也算过得下去。

平时村里谁家办户口、换身份证，找到建成插个队。“没问题，小事，明天就让你家办。”一向没什么本事和追求的建成，接过对方送来的烟，许诺道。因为这层关系，建成自然是喜欢这份工作的。在所里轻松，在村里有面子，偶尔还能捞一把肥水，他干得比桂荣更起劲。

只是去年年底，镇上派出所搬到隔壁镇去了，两镇合并。所长让建成继续过去帮忙，偏偏没提桂荣。桂荣急了，赶紧把去年春节二女儿送给她的好烟好酒拿出来。

她一上班就举着烟酒对所长说：“所长，你就要走了，这么多年多亏你照顾了。哦……那边所里有人做饭吗？”

所长自是明白她的意思，没当场给答复，收下礼物，只是说：“哎呀，你有心了，我帮你问问。”

最后的结果是：那边镇上已经有人做饭，不需要桂荣了。

她听到后，也没有太过失落。管十几个人三餐的活儿确实让她厌倦了。她早就想过停下来不做了，为了这个活儿，她起早贪黑，身体上的毛病也越来越多。几个孩子也早就劝她：别忙了，该休息了。休息倒不至于，她觉得自己还年轻，几个孩子还没成家，她不能停下。她打算再去找工作，最好去外面找。

不知道为什么，忙着忙着就一辈子了。早些年希望几个孩子能吃饱饭、能读上书，她什么活儿都做过。除了家里几亩地，她还去过别的县镇给庄稼主拾花生。农忙时忙完家里的，她立马跑去别人家地里栽稻子。一天插秧一亩，赚个百八十元钱。她也做过轻便的绣花活儿，但不怎么赚钱，一天最多绣 10 个，一个 2 毛钱，还是挑着灯干的。

后来她年纪大了，视力下降，连穿根针都困难；腰也不行了，插秧这种活也做不了两小时。所里做饭的工作，虽然工资不高，但每个月的菜金预算里，她总能省下百八十元，勉强每月也能到手过千，现在去哪里找这活儿呢？

桂荣觉得自己是闲不住的，虽然现在几个孩子都成人了，不用她操心，偶尔年底还能收到几个孩子给的三五千元。但除了大女儿，二女儿和小女儿两个都还没结婚，最下面还有个大学毕业刚半年的儿子。女儿的嫁妆钱，儿子在外面买房子的首付钱，怎么说也要拿出几十万元。

她心里明白，她跟建成苦了一辈子，也就这几年才攒下点钱。就这样闲在家里休息，怎么可以呢！一年少赚两万元呢！不行的，要继续出去找活儿做。

她打电话给昨天联系好的大巴车司机。这手机还是二女儿前年买给她的老年机。女儿为了方便她拨电话，把家里几个人的手机号编成代码，她想打大女儿，就长按“1”键，打给三女儿就按“3”键，打给李建成就按“0”键。

此时她已经穿好衣服。怕路上冷，她里面专门多穿了一件保暖内衣，下身穿了两条裤子。她被严严实实地包裹起来，像个臃肿的肉粽，行动缓慢。她轻轻推开门，一阵寒气袭来，赶紧又关上。她透过门上的玻璃看着外面，这会儿天已经微微泛着光。

往常她就是这样一个人站在这个院子里。到人生的最后，她发现自己的使命就是热切准备着每个孩子的归来，然后再隆重地送她们一个个离开。

每次孩子的车一走，热热闹闹的家里空余两个老人，寂寞极了。往院子里一走，只有影子跟着自己，偶尔狗会在她腿边跑来跑去。

桂荣回头看了眼挂在墙上的时钟，五点半，可以出发了。她把两扇门全部打开，然后把昨晚打好的包放到外面电瓶车上。风有点大，头上的围巾被吹开，她也管不了。电瓶车后面放了吃的，前面放着她的衣物。

她想好了，这次出去，一年回来一次。东西准备妥当，她把房间里的灯关掉，门也锁上。家里的狗又围着她转悠，她突生厌恶。想到自己马上就可以告别这个地方，她想跟所有的一切划清界限。

03

与其说桂荣恨这个地方，不如说桂荣恨这里的人，就是她的丈夫李建成。李建成，这辈子做不了大事，这是她嫁给他以后就明白的事儿。既不能吃苦赚大钱，也不能温柔待她。

每回李建成跟村里的人组队出去打工，干不到 3 个月准自己一个人回来。把被子往家里地上一扔，不骂个三天三夜不消停。骂工头、骂老婆、骂孩子，骂到最后没东西骂了就自己闭嘴。

后来桂荣让李建成出去收收废品，赚的钱都被他打牌输光了。他在离家 30 千米的地方收破烂，一个月回来一次，偶尔给家里孩子带上收来的破旧玩具，牌运好的时候他回来能给家里二三十元钱。每次他一回来，家里跟过年似的。几个孩子高兴地满院子跑，桂荣拿着他给的钱，去小店买上两斤肉，炒几个菜，一家人欢欢喜喜吃着聊着笑着。

她看孩子和丈夫都高兴，虽然没赚到什么大钱，但全家都和和气气的，也不说什么。

可李建成终究是无用之人，喝酒打牌，输了钱，等第二天醒来，发现收破烂的三轮车也被偷了。交不起房租，他只能回家来，继续骂人，骂房东、骂小偷、骂老婆、骂孩子。

后来他去镇上小学当门卫，干着干着被桂荣找到了派出所里。所里的工作是稳定，可他好赌的毛病并没有减轻。镇上几家打牌的小屋，他经常光顾。多数时候他会站在边上“相相眼”，因为碎嘴，他非要透露信息给别人。他站在谁的旁边，谁就倒霉。长此以往，三家棋牌室，都被他得罪光了。大家看到他来了，就把牌藏得严严实实的。

偶尔他帮桂荣买菜，身上落下一些零钱，就往牌桌上送，“押小宝”。他的牌品是很差的，输钱乃家常便饭。每次桂荣发现他又去赌钱了，就骂他。李建成自是不让，硬说没有。后来只要李建成身上带着钱，不管多少，桂荣总会盯着他。给他打几十个电话，问他在哪儿，如果电话那头是嗡嗡吵闹声，她就明白李建成又跑去送钱了。

04

桂荣骑着电瓶车。这条走了几十年的通往镇上的路，她是看一次少一次了。这时候的村庄还是寂静的，路两边能听到河里的虫叫，树上的枝叶在风中摇动着，桂荣的心情突然愉悦起来。她感谢李建成除夕那次的赌博，是那天发生的事情，让她彻底决定离开了。

年前的除夕，她跟小女儿去镇上洗澡。家里没有热水器，只能一个月来澡堂一回。洗好以后，她跟女儿的头发都湿漉漉的，脸蛋也红红的，澡堂里面太闷了。她们出来后，桂荣打了个电话给李建成，让他带两斤韭菜回家，晚上包饺子初一吃。打了两次，没人接，第三次拨通后，电话那头又传来轻微的吵闹声。她二话不说，开着电瓶车赶紧冲到派出所旁边的棋牌室。

车子停在了派出所门口，她立马跑起来。桂荣自从上了 50 岁，很少跑步。常年身体不适，泡在药罐子里的老年人的动作都是迟缓的。因为做事慢，李建成没少骂她。而她突然加快的脚步，一时间让人忘了她是个病人。小女儿跟在后面，追不上她。

等小女儿到了棋牌室，桂荣和建成扭打在一起。两人极力要冲上去捶打对方，但都被边上的人拉着。建成脸上的抓痕流着血。

“你个没良心的，又来赌钱！”

“你眼瞎了，我没赌！”

“我看见你往上面扔的，3 张 100 元！”

“瞎说八道，你神经吧！”

“你做了还不让说啊，我苦了一辈子省了一辈子，十几元钱一件衣服都舍不得买，你倒好，几分钟几百元就没了！”

“你嚼蛆！冤枉我一辈子了！”

“我冤枉你，你让大家做证，刚才我在门后看了你几分钟，你那手里塞的钱我看得清清楚楚！”

“二娘啊，你也是的，大过年的，让二爷玩几把又怎样了，真是的。”旁边年轻的男人劝着。

“你懂个屁，是你跟他过日子吗？我这辈子都毁在这个人手上了。你们这些人吃喝嫖赌，我不知道啊？你给我过来，我打死你，一起过不到明天！”

桂荣说到最后声音都哑了，她从来没这样气过。她想把耽误她一辈子的李建成打醒，可打醒了又有什么用呢？一辈子都快结束了。桂荣一次次说过自己瞎了眼嫁给他，跟着他没过过一天好日子。她看着眼前这个脸上流着血的小老头，气汹汹地瞪着自己。曾经他也是个温文尔雅的读书人啊，怎么会变成这个样子，他的年老与落魄使得桂荣看到了自己。她越想越气，越气越悲伤，开始流眼泪。

小女儿见状吓了一跳，赶紧过来抱住要挣脱的桂荣。桂荣的力气太大了，小女儿从来没遇到过她这样有力气的时刻，她一方面觉得除夕本该是大家热热闹闹等待新年的时候，来看看小牌也无可厚非，但父亲要往上面扔几张百元大钞，确实有点过分。

她母亲现在发了疯似的要去打父亲，她一边用力抱紧母亲，一边催促着父亲赶紧离开这里。父亲骂骂咧咧逃开了，桂荣嘴里不停，边骂边哭。小女儿抱得越紧，桂荣骂得越狠。

“这辈子全毁在这狗 × 的身上了！”桂荣一直重复着这句话，她大声叫着、哭着，不管不顾。

是啊，这辈子确实太委屈了。以前年轻时，到家里来提亲的几个男人，都比李建成条件好。有个在市区当医生的，也有一个开门面做生意的，当时她年轻气盛，还是嫁给了读过几天书的李建成。桂荣没读过书，自小仰慕读书人。谁知嫁过去以后，吃了上顿没下顿，一直拉扯着几个孩子。而当初那个医生和开门面的，已经在市区买了几套房子。一步错，步步错。她骂着他，也像是在骂当初瞎了眼的自己。

05

因为“除夕赌钱”事件，桂荣坚定了离开这里的想法，这次出来，她是偷偷瞒着李建成的。

她专门选了李建成在派出所值班的这晚。他每次值班，都要睡在所里，到第二天中午才回。桂荣心里明白，李建成是不会让她走的。他会让她在家附近找个活干干。在跟李建成这场长达30多年的婚姻里，她一直扮演着一个长期受辱的软弱无能的家庭妇女形象。

春节刚过，李建成就给她找活干。就是前几天，李建成让她去镇上中学食堂做饭，她去了一天就不干了。她一站进那个厨房间，厌恶之感油然而生，这样熟悉的环境她待10年了，每天买菜，洗菜，切菜，炒菜，重复性的工序让她觉得自己的人生是没有价值的，还要继续熬下个10年吗?

回到家后，李建成骂了她一晚上“没用的东西”。

“我有用也不找你啊。”桂荣坐在凳子上，跟他僵持不下，说完她更伤感，这句话是说她确实是没用的人。

第二天，李建成让她去邻镇一个卖大饼的人家帮忙烙饼。从早上6点半到晚上6点半，连干12小时，一天50元钱。揉面、做饼、烙饼，三个活都是她的。每当她把两百个大饼烙完，还要帮这家理理、洗洗明天做饼馅儿的菜。

半个月后，店家结清了桂荣的工钱，跟她说暂时不做饼了，不用来上班了。李建成一气之下，又骂她没用：“人家是嫌你干活慢啊，你做事怎么这样磨磨叽叽的，到底还能做什么？”说完又加了一句：“没用的东西。”因为李建成那张恶毒的嘴，桂荣每天烧香时都要为他祷告下，祈祷菩萨神仙们原谅这个无知的罪人。

总算要离开这个地方，离开这个骂她一辈子的人。桂荣已经到了镇上，她看到往上海的大巴车停在十字路口。她不是第一次坐长途大巴车，以前大女儿生孩子的时候，她就是坐这样的车过去的，路上花了她 5 小时。还有一回二女儿骨折，她也是坐着这种大巴车，过去陪了她一段时间。

她不喜欢坐这种车，空间狭小太过拥挤，伸伸胳膊伸伸腿都困难，里面什么味道都有，泡面、辣条、脚臭。声音也很嘈杂，车内的电视放着早就落伍的歌，旁边的孩子一会儿哭一会儿闹的，嗡嗡个不停。但不喜欢坐也要坐，谁让她不会自己买火车票。

她上车后，找了靠窗的座位坐下来，车前面有个计时器，红红的数字显示 6：02。才 6 点，这时候天已经亮得差不多了。

她看着熟悉的街道，几家早餐店已经开门做生意了。高高的蒸笼冒着热气，店里 40 来岁的男人开始忙活着。桂荣以前经常光顾这里，派出所里谁要吃包子，她就去买。

男人抬头看了看前方，桂荣吓得赶紧把头往后仰，并顺势拉了拉窗帘。她怕别人认出她，她只想一个人默默离开。

车子发动了，桂荣扫视四周，差不多坐满三分之一的人。

“大新年都过了，淡季。”司机师傅跟后排的女人聊着天。女人占了两个座，人坐在靠窗的座位，包放在走道的位置。

6 点半，准时发车。车子开始动起来，越动越快，直到离开了镇上，离开了县城，上了高速。桂荣一直躲在窗帘后面，盯着外面熟悉的一切渐渐走远。

她回过头来躺在椅子上，心想：总算离开这里了。

06

车子在下午 2 点 20 分到了上海南站。

下车之前，桂荣掏出手机准备打个电话。她的大女儿在无锡，老二和老三在上海，唯一的宝贝儿子在南京。

桂荣一想到这里，一种长久笼罩着她的悲伤情绪又升了起来。别人家的孩子，一到 20 出头就赶紧结婚生子，一家几口人扎根在老家，有事没事还能聚聚。她的孩子啊，一个一个的，读完大学已经二十多岁了，还分散到全国各地工作。这就如同她身上的几块肉掉下来，还滚到了自己够不到的地方。

她最终还是打给了小女儿老三。

“你现在有空吗？来上海南站接我吧，我来上海打工了。”

“什么啊，真的假的？开玩笑？”

“是真的，汽车停在南站了，你快来！”

“哎呀，怎么也不提前说一声，我这正忙着呢，我问下二姐。”

过了好一会儿，她突然接到李建成的电话。

“你怎么去外面也不说一声啊。”

“跟你说有什么用！你就知道赌钱！”

“你脑子坏了，我赌什么赌！”

“你是没法赌了！家里的钱，前两天都被我存进银行了，你提不出来。我也没有零钱给你了。你的工资是给儿子买房的，要不要拿去赌钱，你自己想清楚！”

“疯了你！”

李建成骂骂咧咧挂了电话，桂荣一口气说了这么多，说完像是出了一口恶气，心情瞬间愉悦了很多。倘若在他面前，她断不敢这么说的。

她的二女儿在电话里跟她要了具体地址，让她坐在车站外面等她。二女儿开着车将她送到了住处。当桂荣爬上没有电梯的 7 楼时，两条腿直发酸，头晕乎乎的，呼吸也变得急促。她很久没这样运动了，除了除夕那天去抓赌博的李建成。

二女儿跟她讲：“你在这里住上几天，赶紧回家去吧。”

桂荣一听就急了：“说空哦！我过来就没想过回去，我要在这里打工咧。”

“打工？你看你那身体，病病歪歪的，不给我们花钱就好了。”

“我身体好着呢，不碍事。”

“缺你那点钱吗？一个月赚个千把块，身体要是有什么闪失，医药费都不够的。你就老老实实在家待着吧。”

“哎哎哎，我不回去。”

桂荣知道，孩子们不希望她出来，春节时每个人都给她灌输了这个思想。但她想着，如果真的来了，他们不会赶她走的。女儿嘴上虽这样说，但心里还是愿意接受她的。

她的要求也不高，上海这么大，总有她这个老太婆一个立身之地。她想在女儿家附近找家饭店，做做杂活儿，拖地洗盘子这种事，总可以做的。反正比窝在老家好，她坚定着这个信念，几乎是逃似的来到了这里。

07

老二上班去了，她一个人站在老二的厨房里。房子不大，女儿一直独居。二女儿 16 岁就辍学来外面打工，先是在苏南转悠了一圈，后来稳定在上海，也是什么杂活累活都做过。

关于她辍学的原因，一直有两个版本的说法。在老二看来，当初她下面还有弟弟妹妹读书，家里经济条件着实困难，被逼无奈，只好从学校下来了。

而在桂荣看来，二女儿辍学那段时间，家里条件是不大好，但最主要的原因，还是老二太不争气了。她跟建成早就跟几个孩子说了："你们谁成绩好，就让谁上学。"桂荣清楚地记得，当年二女儿在镇上中学读书，成绩不太好。

有一天班主任还找到了家里，那天下着大雨，泥泞不堪，班主任几乎是推着车子过来的。到家里，班主任都没有进屋，直接跟她说："你家这孩子谈恋爱啊，跟隔壁庄上人家的小男孩，上课期间还跑到敬老院去看电视了，你当家长的好好管管啊。"这是桂荣不让她读书最主要的原因。

"胡说，明明是你们偏心小的。"每回提到这件事，二女儿就反驳道，也不知是真的在乎还是玩笑话。她辍学后在外面打工，谈了个对象，也分手了。到现在一直单着，都 34 岁了，也不结婚。桂荣对几个孩子的焦虑，一半被老二占去了，什么时候老二结了婚，估计她立马闭上眼睛都是开心的。

看着女儿的房间，放在洗水池里的锅碗还是脏兮兮的，至少是一周前的。碗上的污渍黏黏糊糊的，生出一股怪味。她开着水龙头，水潺潺而下，她把锅碗洗了 3 遍，放到边上的橱柜里。

锅台下面塑料袋里装着两根莴苣和一个土豆，她看到柜子上还剩下几个鸡蛋。想着为老二炒两个菜，莴苣炒鸡蛋、酸辣土豆丝。她边切莴苣边想到以前在派出所里给别人做饭，那时候是带着压力的，做菜只是一个在有限时间内必须完成的任务罢了。而现在却不同，她想着亲自为老二做上两口饭菜。一个人在外面这么多年，什么都自己扛着。

等菜做好后，她打电话给老二。老二电话那头闹哄哄的，没大听清她说什么。

“我说，你什么时候回来吃饭？吃——饭——”桂荣刻意把最后两字拉长，音调提高。

“哦，你怎么做饭啦！还想带你今晚出去吃呢！”老二也在电话那头喊着。

“别说啦，你下班后就赶紧回来吧。”桂荣挂了电话，开始帮老二收拾房间。

这房子总有 20 年历史了，比老家的房子还老。她打开女儿的衣柜，里面有股霉味冲出来，这是有多久没有打开来通通风了，床上的被子也有一股难闻的味道，许多天不见太阳的样子。她坐在床沿，想到女儿过着这样的生活，不禁心里一酸。

到晚上 10 点，老二带着一身酒气回来了。一进门她就脱下高跟鞋，险些撞倒了门口的鞋架，她歪歪扭扭地扶着墙进来，摸黑开了灯。桂荣已经躺在床上睡着了，被灯光和声音刺激着睁开了眼。

“你怎么喝酒啦！这么晚才回来！”桂荣一看到女儿这个样子，就气了。

“就是临时客户有个应酬。”老二把包挂在衣柜上的挂钩处，往床边的椅子上一坐。

桂荣也不知说什么好，赶紧爬起来烧点水给女儿喝，她到现在都没吃饭，看着饭桌上早就冷掉的两盘菜，心里不是滋味。她还把今天从家里带来的藕饼热了下，她知道老二最喜欢吃了。

等她端着水杯进房间，老二已经躺在床上睡着了。她熟睡的样子，还跟十几岁在老家时一样。桂荣一瞬间觉得自己回到了老家，但眼前的环境又提醒着她，她已经完全置身于上海这个城市了。

她早上从镇上出来，一路颠簸到此。晚上李建成又打了一个电话给她，她没理他。接与不接，又有什么区别呢？桂荣把饭热了吃了，照顾女儿到夜里 12 点，看她睡态安详，也放心睡去了。

第二天，女儿一大早就出去了。出门前，桂荣叫住她，让给她赶紧找份工作。老二笑说：“你在这里玩几天，我就送你回去，还真打什么工啊，笑话！”

“没说笑，我是真不回去了。你爸那酒鬼，天天就知道骂我，我不回。”她皱着眉头讲道，老二心不在焉地说了句哦就关门走了。

她前脚刚走，桂荣后脚赶紧跟上，她想看看女儿到底在哪里上班，这么多年了，她就知道她卖房子，房产中介。

桂荣看到老二下了楼梯往墙角拐过，她慢慢跟着，又细细躲着。老二在巷子里走了 5 分钟，总算到了前面的大路上，桂荣不识路，但她知道这肯定是小路。老二在路口站了好一会儿，她也在后面的墙角躲了好一会儿。

女儿不停看表，又看向远方。远处开来一辆黑色小轿车慢慢停在了她的面前。桂荣亲眼看见，一个近 50 岁的男人坐在驾驶座。她女儿随即走了过去，开了门，上了车，两人有说有笑。桂荣一时不解，这两人到底是什么关系呢？一种不祥的预感吞噬着她。

她回到楼上，打开门的那刻，就在想，大概女儿很少过来住的，这房间的一切无不在告诉她，女儿跟刚才那个男人是一起的。这种情绪让她一天不安宁，直到晚上女儿从男人的车里下来。

在那里等了一晚上的桂荣直接冲出去，抓住女儿的衣领就骂："老天爷啊！你跟这男的什么关系，我二闺女啊，你怎么这样气我！"

二女儿被抓得难受，赶紧挣脱，告诉开车的男的："快走！你先走！"

男人看了一眼她，又看了一眼桂荣，什么也没说就发动了车子。

女儿哭哭啼啼回到了家，桂荣一直跟在后面，她揉着刚刚被刺激的心脏，一口气快喘不上来的样子。

"那个人是谁？你们什么关系？"

"你不都看到了吗？"

"我要你亲口跟我说！"

"不关你的事！"

"玩！玩什么玩！"

"我不管，我开心就好！"

“你怎么变成这样了！”

“怪我吗？谁让你跟阿爸那么没用，没钱给我读书！我没读什么书就出来了，什么都不会做。要不是他照顾我，我早就饿死了。你来这里干什么？在家里好好待着呗！多管闲事！明天我就把你送回家！”

老二说着说着哭了起来。桂荣见状，她从自己亲生女儿口里听“没用”两个字时，也流出了眼泪。她恳求女儿：“你跟我一起回去吧。”

“我不回，死也要死在上海。”老二丢下一句话，盖着被子睡了。

桂荣一宿没睡，她在床沿坐到天亮。

08

天一亮，桂荣的三女儿就来接自己了。老三说帮她找了一份餐厅洗碗的工作。

老三一个人租住在上海郊区的公寓里，一个月一千多元的房租，公寓一个人住刚刚好，两个人就有点挤了。但作为小女儿的她，最疼父母，桂荣在这里也算是得到了短暂的安慰。

上班第一天，桂荣穿起了餐厅洗碗阿姨的工作服，跟着老三去前厅。老三在这餐馆当了几年经理，这次桂荣过去，老员工对她也是百般恭维。每天早上 10 点开始洗碗，套上皮套的双手没停过，水池里的大盘子、小盘子，各种碗、杯子不间断。洗完这池还有下一池，如果遇到谁家在店里办喜事，中午 50 桌，晚上 50 桌，一天洗上千个碗碟也是常事。

老三问：“累不累，太累早点回家也好，哈哈！”

“不累不累，比家里好多了！”桂荣一听到“回家”两个字，就紧张起来。

每到员工用餐时间，桂荣就盛满饭菜，让老三过来一起吃：“都不要钱，多吃点。”

“又不是没吃过饭的，你少吃点，小心脂肪肝指标又超了。”老三笑着讲。

洗碗间里一共三个老奶奶，另外两个是上海本地的。上海老人有个风气，明明条件都不错，还要出来干杂活，每个办公大楼里都有那么几个清洁工，家里房子两三套。

桂荣所在餐厅的两位同事，也是平时闲不住就出来了，赚赚小钱，贪贪小便宜。偶尔店里收盘小哥会把客人没吃完的饭菜端到厨房来，桂荣她们就走过去，偷偷尝几口。没几天，桂荣胆子也大了，每当包厢里的客人一走，她就走进屋内，从口袋里掏出塑料袋，捡些没吃完的饭菜装进去，带回公寓。

被老三抓到过好几次：“你干什么？要这些东西干吗？脏不脏？”

“都是干净的，没有人动过筷子！”桂荣辩解道。

“在我这里我是虐待你了还是怎么啊，被别的员工看到了怎么办？人家背地说经理的老妈偷剩菜剩饭了，我这脸往哪里搁啊？”

“下次不会了不会了！”桂荣不好意思了，答应下次不带了，但第二次第三次，她仍然带着剩下的鱼肉、蛋糕什么的回来，老三见一次扔一次。

桂荣有时候觉得好笑，在家时给女儿准备吃的，女儿背着她往被窝里塞，现在她在女儿这里，偷偷带些剩菜剩饭回来，女儿又极力让她扔掉。有时候她不得不感叹造化弄人。

桂荣上班时，一个接着一个洗掉手里的碗，一洗一箩筐，洗完就在水池边椅子上坐下，眯一会儿。到第 5 天时，她洗着洗着腰直不起来了，想走出去，刚一抬脚，整个人都摔倒在地，把几个盘子连番打碎。旁边的阿姨问她怎么啦，也不扶她。老三急急忙忙跑过来拽起了她。

桂荣被抬回公寓去了，在家躺了几天。几天后腰好差不多了，桂荣跟三女儿说："我明天就可以上班了。"

三女儿支支吾吾，最后还是说了："阿妈，老板让他自己丈母娘来洗碗了，暂时不缺人，你在我这里休息几天，就回家去吧。"

"唉，都是我不好，我没用。"桂荣自责道。

"没有，你养好身体就好。"

"能不能再去求求情，我拖地也行啊。"

"妈，你怎么就不明白，真的不缺人了，让你过来也是看在我在这做了多年的分上。"

"唉，我这也不能去，那也不能去的，我去哪里啊？"

"你回家老老实实待着，多好！"

"回家回家！我不回去！"

两人僵持不下，都沉默着。过了好一会儿，桂荣又问起老三的个人问题："你打算什么时候结婚啊？也快去谈个对象啊，你谈了对象，我马上就走，把房间让给你们。"

老三本来还好好的，一听到这个，更气了，直接吼道："阿妈，你这人真讨厌，结婚是我自己的事，你不用管！"

"哎哟，你不能这样哟，我也过不了几年了，都没把你们几个巴望成功。”桂荣想到自己每次走在村里，都会被人编排几句，特别是到村头那家店铺买东西，女主人翠瑛总要问几句：“你家几个闺女怎么一个个都不结婚啊？我都开始抱孙子了。”

每当这时，她就提着嗓子说：“我家孩子一直在读大学，不像老家这里的人。”

说完她有点心虚，她总觉得就算读完大学，二十七八岁也该结婚了，老二这茬她也不想提了，老三也是这样子。怎么也不谈个对象呢？每天见她跟酒店里的那几个女服务员倒走得很近。

想想三女儿长得是不好看的，从小到大也没怎么打扮自己，总是喜欢暗黑中性的运动装，一点都不像女孩子。眼睛也很小，皮肤还有点黑，这个样子怎么有男生会关注到她呢。男人都喜欢漂亮的，像小女儿这样的，很难被他们注意到。

“我不管了，你明天把我送到你大姐家里吧，我去看看我外孙女。”

09

老三当夜买了张高铁票，第二天就带着桂荣去了无锡。把母亲送到后，老三就赶回上海上班了。

桂荣留在大闺女家里，亲家也在。大女儿家的房子只有两个卧室，主卧住着夫妻俩和小孩，亲家一直住在次卧。桂荣这番突然过来，还真是没地方住了。

亲家说：“没事，我们可以挤在一起。”

桂荣道：“啊，不好这样的。我睡沙发就行。”

桂荣本想跟女儿说下出来打工的事情，但到了晚上她也不知如何开口。吃完饭，女婿躺在沙发上看足球，只是进门时生硬勉强地叫了一声“妈”，再也无话。桂荣陪外孙女写作业，她看不懂，也听不懂，就在一旁笑着。亲家在厨房洗碗，女儿在一边帮忙。

她隔着房门玻璃看着水池旁的两人，突然觉得这个女儿不属于她了。她有了新的“妈妈”，厨房里那个女人才是要陪她走完余生的“妈妈”，而桂荣在生下她的那一刻，就在慢慢失去着她。

前几年她出嫁时，桂荣倒没那么伤感，女儿也是嫁给了本分人家，女婿在银行工作，也没有太多经济压力。婆媳关系一直不错，她也能感受到，这让她放心不少。

房间里的每个人，都在忙着自己的事，好像只有自己是多余的。

她看到客厅中央摆放着一个站立的大空调，空调的风吹过来，整个大厅都是暖的。想到家里那台 3000 多元一年只开上几天的空调，突然有点难过起来。女儿过得不好，她伤心，过得好，她也有点失落。

“闺女，我想明天去南京看看你弟弟，我来都来了，正好去看一下。”

“你不多待几天了？”

“不用了，你们都忙。”

“那好，明天正好去南京开会，开车送你去。”

桂荣见到儿子时，已是第二天晌午。

儿子刚毕业半年，在一家央企做销售，负责苏南一带的项目，每个月拿着 3000 元的工资，打算混个两三年，镀层金，再跳到别的企业。老大开车把桂荣送到弟弟楼下，等了好一会儿没来，眼看着开会时间快到了，桂荣让她先走，她自己在这里等。

到了太阳晒到头顶时，儿子才过来，赶紧请她上楼。在楼梯上，桂荣从儿子的讲解里明白了，这房子是三居室，他跟两个男生合租，三人关系不错，这会儿家里还没有人。

“我过来是不是耽误你上班了？”

“不碍事，我上班时间比较自由，想什么时候去都没事。”

“那就好，那就好。”

“对了，你在这里能帮我找份工作吗？”

“哈哈，你怎么还想着打工呢？”

“我不打工在家里没事啊。你爸天天就知道骂我，我被他骂得心灰意冷啊！”

“唉，你先在我这里住几天，我再帮你看看。这几天我睡沙发，你睡我房间。”

桂荣走进儿子的房间，还挺大的，足足有二十几平方米，比她家老二老三的房子好。不过待她往里一走，闻到了刺鼻的烟味，她的儿子居然抽烟！

“你什么时候学会抽烟的，我怎么不知道？”一向乖巧懂事的儿子有这一面，让她很不解。

“啊，这出去应酬，难免的。刚抽不久。”

“少抽点，不要学你爸那个烟鬼！”

“不会的，不会的。”

桂荣几个孩子，她最疼这个儿子。也是老一辈思想，觉得有个儿子，后半生才有靠头。她第一胎生了女儿，被婆婆嫌弃；第二胎又生了女儿，被婶婶笑话；第三胎还生了女儿，李建成一个月没归家；等她第四胎生了个儿子，才扬眉吐气了一番，走路时腰板也直了一点。

儿子出生到现在，她都百依百顺。她想过在孩子定居地买套房子，将来也好娶媳妇。可她想到自己卡里只有12万元存款，连首付都不够，却是她跟李建成一辈子的积蓄。她出来打工，一是为了逃脱李建成谩骂的牢笼，二是确实希望多赚一点。

好在这孩子一直听话，从没给她找过麻烦。读书时认真，考上了大学，毕业后进了央企，也没有催父母买房的意思。桂荣每每想到这里，还算有一丝安慰。

连续几天，都没有找到合适的工作。眼看着儿子对找工作这事儿也不上心，她就急了。常住在这里也没什么意义。在儿子出去上班时，她决定自己找。她知道儿子在哪里上班，想着在这附近找一家，也方便。

她在那条路上，用着不标准的普通话挨个问。缺不缺人打扫卫生？需要人洗盘子吗？端菜也行，给工资就干。一家家被拒绝，一家家被赶出来。天气明明很冷，她却热出了一身汗。

中午12点，当她走进一家快餐店时，看到了正在吃饭的儿子。儿子穿着西装，跟他坐在一起的两男一女，看起来也是“正经人”。女孩跟儿子坐在一起，不时还夹菜给他吃，有说有笑，关系暧昧。明眼人都能看出来，这是男女朋友关系了。

快餐店里人很多，吵得听不见也看不清。桂荣想跟儿子打声招呼，上前去。没走两步，她看到儿子突然离席，拿着手机放到耳边，从另外一个门走了。她很是不解，难道是出去接电话，跟了过去。

儿子一直往前走，她也继续跟着，直到走到一个偏僻处才停下。她刚住脚，儿子转身，看着她，说："你来干什么？"

质问又不满的口气着实让她吃了一惊，儿子这是在抱怨自己吗？"我在附近找工作，正好看到你了。"桂荣小心说着。

"你别过来了，我同事都在里面，看到了不好。"

不好？哪里不好？是我这个母亲见不得人吗？乖顺的儿子怎么也会嫌弃自己呢？桂荣低头看了眼身上穿的这件衣服，还是她最好的一件呢，平时都舍不得穿，要不是来这里，她还会压在衣柜最里面的，怎么就见不得人了？

"你先回去吧，晚上再说。"

桂荣到了住处，心情跌落到谷底。这时他接到了李建成的电话。

"你还不回来吗？"

"回你妈呀，我不回。"

"派出所那个做饭的走了，现在缺人，你快回来干活吧。"

又是回去做饭，桂荣听到这个消息，愤懑到了极点。

"我这辈子，年轻时给家里孩子做饭，老了还要出去给那帮孙子做，每晚回家还要给你这混账弄饭。我就不是人了吗？我不做，我也不回去，我死在外面了。"

她挂了电话。房间里空荡荡的，只有她一人。她坐在沙发上，心里憋屈，想到几个孩子都不收留她，李建成还骂她，委屈极了。这次出走计划是完全失败了，彻彻底底输了。她逃来逃去，也没有找到自己的落脚地。她觉得不能待在这里，必须走，既然儿子不想看到她，那就不让他看到。去哪儿？随便吧，先走着再说。

她出了门，把钥匙丢给了门口的保安，接着走出了小区，走到了街上，走到了完全陌生的地方。她走了很久，没停下来。从来没走过这么多路。

她想起小时候，去地里拾麦子，一走一天，直到天黑了，看不见了，她才提着一点点麦穗头回家里，等着她的是父母的指责，说她是没用的东西。

她想起她生了小女儿，第二天就从医院出来了。没有雇车，她抱着女儿走回去，也是走了很久很久，李建成在旁边骂她走得太慢，简直是没用的东西。

她越想越来气，不走了，停在路上号啕大哭。

哭着哭着，她听到李建成在叫她。她抬头看到李建成站在路口等她。只是这李建成是 25 岁时的样子。桂荣以为自己看花了眼，揉了揉眼睛，还是年轻时的模样。

李建成外表俊朗，身材挺拔，斯斯文文，这是他最初的样子。那个时候，桂荣是幸福的，第二年她就生了孩子，但往后的每一天、每一年，她都被生活折磨着。

李建成还是远远站在路口，对着她笑，跟她招手，让她过去。桂荣立马站起来，向他奔去。

她跑着跑着，突然绊倒在地上。等到她再抬头，李建成不见了。她发现自己躺在家里的床上，眼角还有泪珠。

这时天已经大亮，站在她边上的李建成，这个快 60 岁的老头李建成，问她：“你梦见鬼啊，还睡！”

桂荣不说话，只是看着李建成。昨晚脱下来的棉袄还盖在被子上，墙上泛黄的空调也还在。外面狗在叫，她确定是在自己家里。

见她还不起来，李建成又骂了一句：“睡个觉都哭，没用的东西！”

We do not even have the loneliness

三姐小事

01

我家有 7 口人，父亲、母亲，还有我们兄妹 5 个。

1985 年后，父母为了生男孩，放弃教师工作，当时提倡计划生育，他们开始“跑反”。在外面游荡了很久，直到 1993 年弟弟出生，我们才搬回来。

大姐、二姐两人，从小就被送到大舅和二姨家生活，加上比我年长将近 10 岁，我跟她们关系一直生疏。

在家里，跟我最亲密的是我三姐。

02

我跟三姐、弟弟一起在村里读小学，她比我高一届。我平生最嫉妒那种不努力也能拿高分的人，三姐就是。

课本看看，就记住了；课上听听，就会了。

我在教室埋首背书时，她在我们班门口跟调皮的男生追逐打闹。

我端个小板凳在家门口做作业时，她跟邻居姐姐们满村子玩耍。

我在平房屋顶做试卷时，她跟一群小孩骑着车从楼下飞驰而过。

总之，她就是那种闪闪发光到让我自卑的存在。

03

成绩好的学生，再疯再闹，也是可爱的。

有回她在报纸上发表一篇小稿，风光无限，男生的情书都快塞满她的抽屉了。

偶尔我也能收到两封情书，给她的。

04

每次考完试，三姐就被叫到办公室协助老师批改试卷。

这时，我会交代她："到我的试卷时，记得笔下留情。"

她回我一个白眼，说："试卷名字都被订起来了，看不见。"

"那我以后在试卷上做个记号，你到时候留意下。"

"滚！"

05

她不仅学习好，体育也很棒。每年运动会，她都能跑个全镇第一。

"平时疯疯癫癫的，跑来跑去的，不快才怪呢。"我在心里嘀咕着。

能文能武的三姐一时成为学校红人。

她不用功也能名列前茅，我死读书勉强不掉队。她在学校里闪闪发光的时候，我跟在她后面被人说"这不那谁的妹妹嘛"。

06

有一回，在读幼儿园的弟弟被同学揍了，鼻血直流。她一气之下，策划了一起黑夜复仇计划。

她叫上我，挡在大家放学必经的那条小道上，虎视眈眈地等待着霍小五。我吓坏了，全身发抖。她转身看了我一眼，说了句："没出息，一边去！"

我不管，命要紧，赶紧躲到路边破房子里。

三姐说："我不发话，你别出声，更不能跑。"

我“嗯嗯嗯”不敢多喘一口气。

直到霍小五出现时，她二话没说，冲上前去给了他两拳，就招呼我往家里逃。一切太突然，等我反应过来黑暗中只回荡着霍小五呜呜的哀号声。

“爸妈问起来怎么办？”

我跑得气喘吁吁，开始担心起问责问题。

“你不说我不说，霍小五说什么都是放屁！”

三姐态度决绝，拉着我跑得更快了。

07

那年秋季开学第一天，我跟三姐、弟弟刚从学校领完书回来，走过那条小河，弟弟凉鞋粘上了泥，要到河边洗。我们仨一起站在岸边，一只脚伸进水里。伸腿、泡脚、撩水，玩得不亦乐乎。

突然弟弟扑通一声大半个身体跌落河里。我傻了，脑袋空白，急得直掉泪。还没想好怎么办，三姐就冲到水里去抓弟弟。河水快把三姐和弟弟淹没了，我整个人瘫软下来坐在岸上。没几秒钟，三姐就拉着弟弟浮到岸边。书包和里面的书本都湿了，人没事。

我喜极而泣，没等他们就往家里跑，跑得很快。

我断断续续对母亲讲着，她听完后大怒，停下手中的农活，跑去将正在路边晒书的三姐和弟弟抓回家。

08

母亲把我和三姐关在屋里，她找来柳树条就开始抽我们。“还去不去河边了？我们受那么多苦，不就是为了这个儿子吗？”妈妈边打边哭，我们跪在地上哇哇大叫。

直到现在我都弄不明白，当年弟弟落水时，我为什么会疯了似的往家里跑，还告诉妈妈这件事。

那是妈妈第一次打我们，也是最后一次。

三姐每回提起这次经历，都说我是个愚蠢的叛徒。

09

如果我父亲母亲只生三姐一个，我想她这一生都会过得风光又自在。偏偏她的出生顺序有点尴尬，上面有大她八九岁的两个姐姐压制，下面有妹妹弟弟跟她争宠。她夹在中间成了受气包、被冷落者。

人的命运，多在出生的时候就已经决定了。有人含着金钥匙出生，有人出生时就注定要跟别人抢奶水喝。

10

生活困顿，做生意屡屡失败，父母成天愁眉苦脸。

二年级时，我们姐弟仨交不起学费，父亲去借了一圈。叔叔大伯、姑姑家都去了，没借到。

父亲拍桌子说：“三儿，你是姐姐，这学期先赊个账！”

三姐红着眼圈，问：“为什么是我？”

父亲和母亲坐在桌前，沉默不语。

我跟弟弟坐在桌前，不敢吱声。

“那抓阄吧。”妈妈最后建议道。

“人要认命，一切都是自己的造化。”母亲叹着气。

她将三张画了“√”和“×”的纸条折叠起来，打乱，让我们自己抓。

“谁抓到‘×’，谁这学期就赊账。”

我们屏住呼吸，每个人拿起一张。

弟弟心急，先拆开，是“√”。他把纸条拿到天上举着，哈哈笑着。他以为正在做的这件事有趣、好玩，根本不知道严重性。

三姐也随即打开纸条，她看了我一眼，脸色一沉，说：“算了，还是我，都是命。”

她带着纸条，跑出去哭了一场，回来就答应了。

11

只交一半学费，可以进教室上课，但没有书本。因为没钱交学费，她整个学期都没有教材。

每次上课，同桌的女孩子又不跟她共享，她听不懂老师在讲什么，有时被点名起来回答问题，也不知道如何作答。再聪明的脑袋也经不起这么折腾。语文还能有点基础，数学成绩却越来越差。

这种落魄一直持续到她小学毕业。每学期，不用父母亲提，她自动承担着。

母亲去村民家里找过教材，没人愿意借给我家用，家长们都说自己孩子以后还要用到。

12

四年级时，我的成绩突然好起来，有机会能去镇上参加数学竞赛。能进奥赛班的学生，脑袋都比较聪明。为此，我一直沾沾自喜，在全家人面前炫耀。三姐在一旁表情冷冰冰的。

奥数竞赛实行淘汰制，100 个学生中最后再选出 5 人，代表学校去镇上比赛。我在 20 强绝杀中惨遭淘汰，没好意思跟家人说。

决赛那天，父母亲在饭桌上问起哪天比赛，有没有把握进决赛时，我支支吾吾地说：“有的。”三姐心直口快，当场拆穿我：“瞎说，今天就是决赛了。”

我脸色难看，骂了句：“关你屁事。”

说完愤而离桌，躲在家里四壁透风的废旧隔间里。

13

那时候正值冬天，零下十几摄氏度，我穿了件衬衫在里面冻到凌晨。母亲找到我时，我全身颤抖嘴唇发紫。

第二天我就生了一场大病，父母亲轮流骑着自行车，冰天雪地里载我去 10 千米外的诊所，3 个月后才好起来。

由于激素使用过多，我胖了几圈，更不敢跟邻班小男生告白。三姐不知怎么看出来了，跑到男生班门口，五大三粗地喊着："喂，喂，那谁谁，出来下。"

三姐把男生带到我面前，让我说话。

我无地自容，慌得眼泪掉下来，更讨厌她了。

14

三姐成绩越来越差。父亲提议让她留一级，跟我一个班，可以共用教材。她打死也不愿意。

小学毕业后，她就去了镇上中学读书。

母亲每周给她 5 元钱生活费，家里宽裕点的时候也能有 10 元。她每周五下午回家，不坐"跑人载"的三轮车，宁愿走 15 千米的路，为了省下一元钱路费。

她会把剩下的钱用来买肉，吃肉这种好事一年也不会遇上几次，所以每次她一回来，我跟弟弟就跟过年似的。

15

我生病那段时间，不但没有落下课程，成绩还突飞猛进。后来我考上了县里最好的中学并顺利入学，为此爸妈走在村里背挺得更直了。

我那几年读书很顺利，从县里最好的初中，考到了市里最好的高中。

想起小学毕业那天，校长站在校门口，被一堆人围拥着。他拿着我的成绩单，郑重地指着我说："你以后肯定是大学生！比你三姐强。"

他说完，我还有一点点难过。

16

三姐在镇上中学念了 3 年书，考上了南京一家中专。

这成绩虽不算很差，但父亲觉得不读大学去读什么中专，都是没意义的。为了不让三姐去读书，收到录取通知书那天，他们把那张可能改变三姐命运的单子，偷偷塞到了厕所旁边的水泥砖里。

后来父亲坐在门口抽着烟，很久才抬头，对三姐说了句："你下来吧！"

三姐默不作声，再也不读书了。

17

只能承担两个人学费的家庭，让三姐成了贫穷的牺牲品。

母亲后来跟我说，那段时间三姐每天都在屋顶上哭。三姐嘴里不停地念叨着:“我们班成绩没我好的，都读高中去了。为什么是我？为什么是我？”

母亲心疼她，怕她想不开，经常跑上去看看，怕她跳下来。

18

我在县中读书，三姐在县城宾馆当服务员。

跟许多早早“下来”的女生一样，她很早就开始做起了劳力工作。

单纯说当服务员是劳力工作有点不公平，因为三姐觉得每一种工作都是学问。比如餐桌上的餐具如何摆放是有讲究的，给客人上菜从哪个位子端上去是忌讳的，客人嫌弃菜不好吃时该怎么办也很考验能力的。

三姐默默地说：“这些都是你们在学校学不到的。”

说这话时并没有抬头看我。

19

有一回她把我带到网吧，那是我长这么大第一次碰电脑这玩意，当时学校里的电脑课都还没有开放。

三姐说：“你玩 QQ 吗？”

我说：“听过，但是没有。”

“我也是才有，初中同学给我申请的。”三姐说完还一脸得意。

后来三姐每次提到第一个 QQ，就会讲到这个初中男同学。她每年春节回家参加同学聚会还能见到他，在我们面前提过几次，每次都笑着讲。

再后来，那个男生读完高中出去打了几年工，就结婚了。隔着手机屏幕，三姐嘲笑着新娘子又土又丑。

此后再没听到她说起那个男生，她也没再用那个 QQ。

20

服务员没做几个月，远房阿姨把三姐推荐到县城里的公交车上售票。一个月 400 元工资，用我爸的玩笑话讲："她的工作，一睁眼就是要钱。"

为了省钱，她在公交车售票那一年，我们全家进出县城，都会等三姐的车。

我一个月放一次假，每每在校门口等上一两小时。她那列车一来，我就赶紧跳上去。

21

坐在车上，偶尔会遇到几个蛮不讲理的乘客。

有嫌票价贵的，三姐说那你下去。

也有嫌司机开不稳的，三姐说那你下去。

还有嫌车太拥挤的，三姐说那大家都下去吗？

她很凶。

我躲在一边，看她在人群中吵闹，惊觉一起长大的姐姐跟我过着完全不同的生活。看她常常面红耳赤，我不敢再嫉妒她。

我在学校里学知识，她在社会上赚钱。不知那些日子，公交车每次驶过我学校门口时，她心里有没有失落。

或许从那时起，我跟她的人生在分岔口各自走上了不同的路。

22

有时周末不回家，三姐就让我去她那里住。她当时借宿在城里远房阿姨家的阁楼上。

房间阴暗，气温有点低，白天光线照射不到。

我爬到楼上，只看到空空一张床。等我坐到床上，听见床吱吱作响。一米二不到的宽度，两个人还有点挤。

房间里很冷，那一晚我的脚没热起来过。

23

有一段时间我厌学，常常逃课，去网吧玩上半天。

三姐找到我，把我从网吧揪出来，痛骂我：“你以后一定要考上大学，不要像我一样住在那种地方。”

说着说着她就哭了起来。

24

在车上卖票的都是三四十岁的妇女，上车后就跟老司机各种插科打诨聊荤段子。三姐偶尔会跟我说谁和谁有一腿，谁和谁暧昧不清，说完还一脸鄙夷。

在县城公交车上售票的经历，成了她最不愿回想的记忆。我们后来在陌生人面前聊起这段往事，她立马使眼色都不让提起。

没多久，她就去投奔在上海郊区开小饭馆的亲戚。

25

她到上海后，先是在一家工厂里做流水工，每天工作 10 小时。每到下班，她身上的汗水早已干掉，黏在身上，变成盐巴。时间久了手脚开始长泡，天天哭，最后忍无可忍，亲戚帮她找了个星级餐厅里服务员的差事。

26

在那里，她从底层服务员做起，一个人做3个人的活。半年升领班，两年升主管，再两年熬到餐厅经理。

大学寒暑假，我在她餐厅兼职。年底那个月是餐厅最忙的时候，几乎每天都有年会席，常常中午 50 桌，晚上 100 桌，人手又不够。三姐阑尾炎发作起来，边拖地边哭。

我说："你别赚这个钱了，你看你身体越来越差，去找份轻松点的工作，好吗？"

三姐扔掉拖把，对着我吼："你以为我不想找轻松点的吗？在办公室里随便坐 8 小时，不用我这样端茶倒水伺候这个伺候那个，一个月万把块，比我工资高多了，舒服死了！可我不能啊，我不当服务员还能做什么！我没知识没文化没学历，我出去能做什么？"

我听完呆在一边，不知道说什么好，跟着她一起哭。

27

三姐每天忙工作，跟她一样早早出来打工的人孩子都有了，她倒是不急。她以前黑，长着长着就变白了，每天忙里忙外，人也瘦了。

我从小学那次生病打激素，就没有好看过。三姐是越来越美，越来越招男生喜欢，追她的人也不少。

28

听店里的人说过，有个富二代男生为了追她，每天开车来餐厅端盘子。三姐那会儿太恐慌了，整日自卑，异常敏感。三姐态度很坚决，门不当户不对，对不起，我们不是一路人。拒绝了男生后，又特别关注男生的一举一动。

富二代无奈，只得作罢。第二年，他就跟家里介绍的门当户对的女生结婚了。三姐躲在包房，哭了很久，对同事说：他怎么真的就结婚了呢？我说的话他都当真啦！

29

她不常在我们面前提起恋爱的事情，关于她的所有故事，是她挤牙缝挤出来的。她的第二段恋情依然不是很顺利。

第二个男生因为工作原因结识了她。一开始三姐很热情，帮他联系各家合作方，把他介绍给客户。但时间久了，她发现男生除了整日跟她聊工作，就没别的了。

三姐醒悟，这男人是在利用她。

30

“男人真是奇怪，你说假话时他当真了，你用真心时他却作假了。”三姐偶尔在空间里发着牢骚。

此后好久，她都不愿谈恋爱，急坏了父母亲。

31

“很多人瞧不起我是初中毕业的。”

一天，三姐跟我聊天，发来这句。

“怎么会，你现在的能力，比大学生还厉害。”

我很真诚地回答。

三姐发来哈哈哈大笑的表情。

我知道，她文化水平不高，但一直喜欢斯文的男生，最好是读过几天书的。

32

我读大学那几年，每个月 500 元钱生活费，有时提前用完，总是电话里向姐姐们求助。三姐每次都是三百五百打给我。

我大学毕业找工作那段时间，她从卡里取出 2000 元钱，作为我的就业资金。

33

后来我到上海找了一份工作，刚开始跟她住在一起。每天在路上花费四五个小时，从嘉定最偏远的郊区到普陀区，步行、公交、地铁轮流换。

后来实在扛不住就住在公司附近的隔断间。再后来我又换了几份工作，搬了几回家。

34

两年后我的生活慢慢好起来，工资也涨了不少。我打电话回家给老妈报喜。我在电话里兴冲冲地说："我涨工资啦！"

我妈嘿嘿笑着，连声说："管！这么管！"意思是夸我厉害。

等我过几天再打电话给家里，妈妈突然问我："你是不是跟你三姐说你工资啦？"

我想到前几天在群里跟姐姐们分享过这个消息。

"你知道吗？你三姐打电话跟我哭了两小时。"

"你刚毕业半年工资就比她高了。"

"她都工作七八年了，那么辛苦才那么点薪水。"

"她说读书出来的还是不一样，那时候要是能读书多好，要是读书就好了。"

……

母亲讲完不停地叹气。我后来挂了电话，也哭了。

35

这两年，三姐觉得自己年纪也大了，想回老家生活。

“一切都没意思。”在餐饮业做了七八年，她想回去开一间火锅店，自己当老板，但一合计没钱搞，就算了。她这几年确实没赚到什么钱。

她还是在上海，住在最偏远的郊区，几个月进一次城。偶尔我去找她，路上要花两小时。我说：“你来市区找工作吧，可以跟我住在一起。”她开始踌躇：“我能做什么，除了做餐饮，我也不会干别的咧！”

36

三姐担忧起自己的前途来，离了老本行，什么都不能做，也不敢做。

她开始积极上网。去论坛注册账号发帖，去故事类网站写字，去资讯类 APP 发表热评，还开微博关注时下热点。她比同圈子的人更早更快接触到新闻资讯。

她偶尔也会买几本书看看，都是各大电商网站排名前几的鸡汤书。但还能看书，也总是好的。

“不能太落后啦！”她跟我玩笑着。

37

她还积极去健身。

去年，三姐在骑行俱乐部认识了一个男生，两人没多久就确定了关系。今年元宵节，她还去了男生家里。她发来一张跟准婆婆包饺子的图。

28 岁的姐姐，总算谈起了恋爱。

我看着水里的饺子，突然眼睛湿湿的。

我早就不嫉妒她了，我比这世上任何一个人，都希望她过得好。

想到小时候姐姐打霍小五那晚，我们一直往前跑，路过那条横穿整个村落的小河。水光潋滟，月光洒下静谧，虫鸟一直在叫。很多年以后，我回想起这一幕，夜色下，有光，有风，还有个英勇的三姐。

38

我还想到当年的“抓阄”事件，那天姐姐跑出去以后，我悄悄打开纸条，没敢告诉任何人，其实我那张纸上是个“×”。

We do not even have the loneliness

串　门

01

三姑家的大儿子大书来我家串门，带着他的妻子和八九岁的儿子。

妻子瘦瘦弱弱的，腼腆又客气，广西人，皮肤还有点黑。一家三口生活在常州，只有逢年过节才能回苏北老家住上几日。我们也只有在这时能碰上面。走在路上迎面看到对方，马上收拾好表情，刻意寒暄几句。

大书一进来，我就笑着问候：“大哥、大嫂，新年好！”

说完赶紧从沙发上坐起来，把昨晚盖的被子抱到隔壁卧室，挪出位置给他们。那几日天气寒冷，夜间还下了一场雪，卧室有空调，我就在里面沙发上睡了。

我抱被子的时候，把电视机上的电线给蹭下来了。

“别急，别急。”大书关切地说，带着一种长辈安抚晚辈的派头。

“没事，没事。”我也回他。

几步就把被子放好。等我回来，他们一家三口已经坐在沙发上了。我透过窗玻璃，看到外面白茫茫一片，除了中间那条脚印踩成的小路，一切都是静谧无形的。

“现在家里的条件比以前好多了，真不错，真不错呀。”大书嘴里一边说，一边用手按按屁股下面的沙发，还抬头看了眼墙上正在运行的空调。

“也没有，哈哈，不过以前是真的穷咧！”我客气地回应着，把茶几上的花生瓜子往孩子身边推了推。

我说：“一晃都长这么大了啊，想当年大哥在家读书的时候，我还跟这孩子差不多大呢。”

看着吃着糖果的孩子，我突然想到了过去。

02

我八九岁时，大书那会儿十七八岁。

他在市区读大专，当年大专出来的，也算半个文化人。我妈经常在我面前吹嘘大书哥怎么怎么厉害，以后要像大书哥学习，考个好大学，找份好工作，嫁个好男人。周围邻居都把他当成学习的榜样，俨然“别人家的孩子”，尤其是他下面还有个不成器的弟弟二书托衬着。

二书比大书小两岁，远没哥哥成熟。大书对人客客气气的，走哪儿都笑容满面相迎，谁到他家串门，他又是请上座，又是端茶倒水陪聊的。二书完全面无表情，自己玩自己的，他妈让他跟客人问好，他也不理会。

比如，那会儿村里就几家人有电视机，这让喜欢看电视剧的我们姐弟几个异常激动。没办法，满村子跑，谁家有电视机，我们白天就跟机主家讲好，约几个小伙伴晚上一起过去看。

到了三姑家，三姑提不起兴致，但也没说不行。大书哥就说："来来来，都过来看，一人看跟一群人没差，在一起还热闹。"看到一半，二书把电视给关了，赶我们走，他要睡觉。

母亲正好过来找我们，骂着："看什么看，赶紧回去睡觉！别打扰人家！"

不知她说给谁听的，反正声音有点大。

03

母亲突然推门而入，一阵寒气从她背后袭来，冲进屋内。她站在门边端详着沙发上的几个人。

"大书长胖了呀，这么多年变化挺大，这孩子长得真俊，跟他爸小时候一样一样的，俊得咧！"

大书被我母亲看得很不好意思，笑了笑，很勉强。

当年大书确实一表人才，在我的印象里，他身上的衣服不多，总穿那几件衬衫和西服。但任何衣服在他身上，都是舒服的、熨帖的、气派的。

他高中毕业后，到市区读书，谈了一个市区的女朋友。女孩子家里很有钱，三姑经常在我家串门时小心地“透露”女方的一些信息，比如“我们以后姑丈是当官的”“在市中心有两套房子啊”“家里就这一个宝贝闺女咧”。

母亲听着快要羡慕死，连连惊呼：“不得了，不得了！”

大书有一回带女朋友来我们村里玩，很快吸引了整个村的人围观。我几乎五六年也进不了一次市区，看到城里的姑娘，也是很兴奋。

这个女孩白净、漂亮、时髦。被一群人围在房间里面，不知道的还以为他俩今天就办婚礼呢！她脸红着，有点害羞，也胆怯地偷偷看一眼盯着她看的村民们。

突然，外面响起了汽车喇叭声。女孩的爸爸从车门下来就冲进屋里。大家哄闹起来，叫嚷着。男人要把女儿拖出房间，带回家。女孩抗拒着，叫了几声“不回”。

“你也来啦，要不一起吃个晚饭吧。”不知三姑是没搞清楚状况，还是故意逞强，我不知道。

她走近西装革履的准丈人，面前的这个男人，应该是第一次来到这样破旧的房间。他一走进来，气场跟这里格格不入，大家都怕不干净的地面脏了他干净的皮鞋。

他转身，看着面前这个妇人，说了句：“不用了，我先带我闺女回去，今天打扰你们了。”说完他拖着女儿到了门口，带着一股怒气，把女儿塞进车里。

大书跟在后面，直到目送着车子走远，一语未发。

那次以后，大书就跟女孩子分手了。

04

“你家这液晶电视买得不错嘛！”大书一句问话，把我从20年前拉到现在。

眼前这个男人，38岁，身材早就变形走样，隆起的肚腩和市侩的神色，早就显露他是个被生活欺负过的男人。此刻，他的身边坐着不怎么好看的妻子，在嗑瓜子。

大嫂刚到我们村的时候，挺着个大肚子。

大书大专毕业后，就到了常州工作，在那里工厂车间上班，从800元月薪到现在的5000元，就在那时结识了现在的妻子。

他的妻子是广西人，也是在常州打工的时候认识了大书。三姑第一次看着又黑又矮又瘦的大嫂，面露难色，但生米煮成熟饭，而且那年大书已经快30岁了，三姑只得点头。

等孩子生下来会走路时，他们才在家里举办婚礼。人群喧闹，鞭炮声急促又短暂，“噼啪噼啪”在外面叫嚣了几声，就归于平静。有点躲躲闪闪的意味，生怕别人知道他们结婚了。

大嫂听不懂我们这边的方言，每次问她什么，她只管笑，或者做做手势。结婚那天，我妈让我过去抓把喜糖吃。我一进房间，就看到穿着红衣服的大嫂，她涂着过于夸张的口红，一群人围在这边，盯着她。我突然想到七八岁那年，大书的初恋女友来这里吃饭，就是这样被村民盯着的。

“新婚快乐，今天很漂亮。”我讲着普通话，祝福大嫂。

“谢谢。”大嫂看了我一眼，微微低下头，不好意思地笑了。全屋的人都用方言嘀咕着，她处在另一个世界。一听到我这一声，她面露笑意。

此时，她坐在我家沙发上，孩子吃着糖果，丈夫看着电视。她东看看，西看看。

“我结婚那年，你那时候还在读中学呢，一晃过去这么多年了。”她操着不熟练的方言，跟我慢慢传达着她的想法。

“对啊，都老了呢。”我用方言回。

“不老，正好的年纪。”她勉强跟我沟通着。

05

这时母亲端着一大块热乎乎的米糕进屋，招呼我们一起吃。米糕切成一块一块，我们从茶几上各自抓取，放到嘴里。甜甜的，黏黏的，韧道正好。我看到外面已经出太阳，地上的雪在阳光下泛着金色的光。

我说：“爸妈是真的老了，还要辛苦种地。”

大书不禁皱着眉头，提高嗓音，显然对这个话题比较感兴趣。他说：“阿爸阿妈闲不住，早跟他们说了，把地承包给别人吧，不听，每年辛苦赚那么点钱，还不够现在去医院看病的咧！”

大书确实有让父母把土地承包出去的打算。每次我看到他那 70 多岁的父母，还要早出晚归往地里跑。推着单轮车、扛着锄头或是背着篓筐，他们佝偻着背，往地里走去。跟我的父母一样，仿佛今生要跟这片地融为一体。

大书说到兴起，摸着口袋，像是要掏烟盒，但又止住，哀叹地接着说："每年大忙时，累死累活的，把身体也折腾不行了。往医院一走，也是不少的钱。人家是'脱粒'，两老的是脱层皮。"

"脱粒"是农村农忙时一项最重要的项目。把地里割来的麦子或水稻一捆捆绑好，拉到家院里，堆在一起，抽个时间把粒子"脱"下来。这是农忙的丰收时刻。

脱粒机一启动，得有人专门负责稳住发动机，有人负责递送麦捆，有人负责一捆一捆塞进机子里，有人负责清理脱粒机下面的碎草。至少也要 4 个人，才能完成"脱粒"这个活计。

我想起有一年农忙时，三姑父运输粮食时从车上摔下来，送进医院。那天，只有三姑和大书在家，我去他们家借木锨，看到正在脱粒的他们，机器"喷喷喷"叫着，尘土草屑满天飞。明显忙不过来，大书一边抱着麦捆给三姑，一边清理机器下面的碎草，还要时不时给机器里面加点水。

我不忍心，主动过去帮忙，一直干到结束，吹得我满脸灰尘。

父亲在这期间来过两次，他在旁边转了又转，就是没有上前来。我想问他找我有事吗？还是想过来帮忙？但机器作业的声音太吵了，根本听不见。

结束后，我因自己做了一件了不起的事，等着父母亲夸我。刚走进家门，母亲板着脸，她有点生气地说："你去他家干什么活，我们自家的都没忙完。"

"这孩子不晓好歹。"父亲在旁边帮腔，我快气死了。

到了中午，三姑提着篓筐经过我家，喊我："今天感谢你啦，到我们家来吃个饭吧。"

脱粒结束，每户人家都要大吃一顿庆祝丰收。我猜三姑的筐子里装着刚从村头小店买来的肉菜，激动地说："好啊好啊，等会儿我跟爸妈一起过去。"

她表情有点难堪，说："这样啊，那我让大书多煮几个人的饭。"

"不用了，就她去吧。"我爸说完转身就走了。

我忘记那顿饭具体吃的什么，就记得全程在尴尬的气氛中结束。

我还记得第二天我家脱粒，大书听到脱粒机声响，马上过来帮忙了。

06

"如果他们不种地，会觉得生活没意思的。"我继续跟他们闲扯这个话题。不常联系的旧熟人，除了闲扯过去，也不会为了一个新的话题较真。

大书接着我的话，说："忙了一辈子，也不知道消停几天。我们这年纪，压力才叫大啊！在外面打工，本来就很累！虽然我住在厂里，不用交房租，但孩子眼看就大了，还是要买房子的。去年我托关系把这个小鬼送到当地好学校，也是花了我一大笔钱的！"

他滔滔不绝地讲着，旁边的大嫂面露尴尬，想要阻止，也作罢了，还是让他继续说，不过大书却突然不说了。因为这时二书一家也过来串门了。

二书的命，在外人看来是要好点。中专毕业后，也是去了常州工作，遇到了本地女生，没多久两人就在一起了。女方家本来在市区就有一套房子，结婚的时候他只出了一点装修费。

“也就是一个倒插门。”父亲经常在我面前讽刺人家。

二书带着老婆孩子进门，外面雪已经开始化了，地板上被他们踩出了许多脚印。房间里热闹起来，一时间沙发坐满了，孩子在上面蹦蹦跳跳。

大书妻子说：“别跳了，小心坏掉了，这个沙发贵的。”

二书妻子说：“呀，这沙发不错，正好家里的旧了，回去也换一套。”

我问大书、二书：“你们什么时候回常州啊。”

二书说：“再过几天。”

大书说：“今晚就走，过了 12 点，走高速不收钱咧。”

说完大书起身要走，拉着还在皮闹的孩子。

外面的雪已经化了许多，门口堆的那个雪人，还立在那儿。不久之后，路上将满是泥泞，踩一步陷一步。我看着他们一家三口走远，大书牵着孩子的手，妻子跟在他身后。每走一步，脚下的雪片“嘎吱嘎吱”作响 ·回。

从前的种种，像是一场只有我记得的梦。

07

我还想到一件事。

当年脱粒那天，在三姑家吃饭。席间，三姑讲起一件趣事：“最近一直接到一个女的打来的电话，有时白天，有时是夜里一两点，接通了又不说话，奇怪咧，以为是鬼！”

有一次三姑急了，骂对方。对方说：“我只是想跟你聊聊天。”

三姑更急了，莫名其妙，直接回她：“我还想跟你聊聊咧，有病吧！”

“我是有病，所以才跟你聊天的。”三姑听完，气得直接挂了电话。

我和大书都当笑话听着，哧哧笑着这打错电话的姑娘。

没过多久，大书在城里的初恋女友病死了。

第三章

无解的人生

We do not even have the loneliness

众生永寂

3月停了工作，每日在上海图书馆游荡。看看书、写写小说。早上9点坐下，到晚上8点半回去，一坐一整天。给自己规定一天写3000字，状态好的时候能写到5000字。懒得下楼找饭吃，不带面包的中午，我就饿着肚子，整日频繁接水来喝。

每天坐在固定的座位上，我周围的人也很固定。通常到了上午11点，图书馆上座率差不多满了。除了我这样的社会闲杂人士，老年人占了三分之一。

我不知道跟我一样来到图书馆的人们做着什么工作，白天来这里的应该是没工作的吧。我也不了解他们的生活，四目相对再转头而过，是我们多数人之间唯一的交流。

01
吃罐头的老奶奶

第一次见到这个老奶奶时，我正低头敲着键盘。有人推了推我的右手臂，我抬头就看到她对我笑。老奶奶拎着两个布包，抱着十几本杂志，问："这里可以坐人吗？"我本能的反应，回答她："可以。"这是我跟她之间唯一说过的话。

她坐定后，把那白色的布袋放到桌上，袋子不干净，可以看到明显的污渍，像是用了很多年，白色都快被岁月染成混浊的灰色、黑色了。她从包里掏出一个大罐头瓶子、一个喝水的杯子、一沓档案袋。在接下来的几小时内，她不停地起身，坐下，走动，再坐下，如此反复。

我有点好奇，总是有意无意看看她在做什么。她先是拿出调羹，打开那个罐头盖，咕噜咕噜整罐吃完。然后擦了擦嘴角，就去卫生间旁边的茶水间接水，杯子里浸泡着茶叶和红枣。茶水有点烫，她就随便翻翻刚刚从馆里找来的杂志，封面都带着"养生""健康"的字样。也不意外，我来图书馆第一天就查了本馆借阅榜，前10名被养生类书籍占了6位。

看了一会儿，她就换了一本。她看书时喜欢倚在椅子上，两腿叉得老远。一只手搭在椅子扶手边，一只手举着书，也离得老远。明明是放松的姿势，外人看起来倒十分吃力。

不看杂志时，她就抄杂志，把养生秘诀抄在自己带的纸上。这在图书馆并不少见，几乎每个老人都带着纸笔，不时低头写写画画。每个老人写字时，都是认真严肃的。每天下午3点一过，她就收拾收拾离开了。

第二天，当她拎着白布袋远远走来时，我主动把书往我这边移一移。有时她会过来坐，更多时候不会。不管坐哪儿，她第一件事是把罐头打开喝掉。

今天她提着买菜用的那种拉杆轮车，拖着她的东西过来。还是穿着相同的衣服，图书馆的老人很少换衣服，她那件深紫色马甲穿了大半个月了，天蓝色棉裤也一直在身上，没换过。

有时我看到她躺在椅子上看书，老花镜下是怎样一种神色，皮囊之下又是怎样一个灵魂？想过许多个可能在她身上发生的传奇往事，我猜她年轻时应该是个不平凡的女人。但她那头银白的短发和脏兮兮的布包总是提醒着我：她大概跟我一样是个普通人吧。

早起的清晨，她可能会去跳会儿广场舞，再送孩子去学校，完了顺道来图书馆。下午她还要提着拉杆车去菜市场买菜，顺便接回放学的孩子。然后，他们一起走回家去。

只是一个再普通不过的晚年罢了。

02

自言自语的老头

这老头处在70有余、80不足的年纪。他每天很早就到了，我来的时候他总在他的“专属”座位上。喝茶，看报，睡觉。图书馆有一人桌和多人桌，他喜欢独自坐在靠着梁柱的那张单人桌处。我也喜欢，但我抢不到，只能坐在他旁边的四人桌上。

我一坐下，就听到边上有人在小声嘀咕，这种嘀咕不是两人窃窃私语的讲话，不是偷偷摸摸的，更像是一个躺在院子里自在哼着小曲的欢愉。门前洒落一地阳光，主人心情愉悦，随即哼起小调助兴。在图书馆听到这种声音，我左看右看，最后根据声音分辨出，是我身边的老头。

老头的外套架在椅子后面，桌上零零散散放着书、茶杯和同样不太干净的包。他戴着老花镜，每看一个字，都要嗡嗡读出声来。声音不大，不仔细听完全可以忽略，反正我是一字没听懂。不看书的时候，他嘴里也会念叨着什么。

老头经常趴在书桌上睡觉，睡得酣的时候还会打呼噜。周围的年轻人听到了也张望下，找到声源处便低头掩面偷笑。图书馆工作人员走过，在他边上站了站，也没叫醒他。他睡到自然醒，迷迷糊糊地寻找着他的老花镜。

中午 12 点一过，他就离开图书馆。这时，又有一个 50 岁出头的穿着蓝色外套的人，在他还未离开时，就拿着东西站在他旁边等待着。他一走，蓝外套就赶紧坐上去，完成了一轮新老接替。

蓝外套坐定后，第一件事就是把书桌方向转过来，他喜欢对着墙。但第二天一早，我来的时候发现，那个总是自言自语的老头已经坐下了，此时书桌又恢复原来的样子。

两个人在方向感这事儿上，一直暗中较量。

03

独行的长发男

这个长发男，是我在图书馆这些天见过的最神秘的人。

他瘦瘦的，不高，头发长到大腿处，扎起来了。他一走动，这根马尾辫就晃起来，左摇一下，右摆一下。在后面看他，会以为是个长发飘飘的瘦弱姑娘。但看他的正面，留的小八字胡出卖了性别。他的脸是瘦削的、疲惫的，让人看了会绝望的。

他走到哪里都提着一个布袋子，倒水时、上厕所时、在室外休息时。袋子里面鼓鼓的，不知道装了什么，应该是珍贵的，不然也不会随身携带。他的布袋子很脏，比所有人的都要脏。经常来图书馆的人好像达成了一种共识：你的袋子必须是脏的，不然你就输了。

我看不出长发男的年纪，30 岁到 50 岁都有可能。第一次见他，看到这样的打扮，以为是搞艺术的，也可能就是，我没有确认过，也不敢上去找他聊天。

他总是一个人，也不跟任何人说话。每天坐在同一张单人桌处，离开座位他就站在外面的廊道，一只手臂挎包，一只手拿着手机刷着。一站可以站两小时，他就在那个角落待着，只管低着头，也不看往来盯着他的人，像是跟他以外的世界隔绝着。

有一回我去倒水，正好他也在。他的包很重，他一边扶着杯子一边转动水龙头，姿势有点艰难。肩上的包太沉了，我靠近时他的包从臂间滑下来。我也不知道是不是我碰的，马上说：“啊，对不起！”他听到后抬起头，不解地啊了一声，几乎听不到。我说：“对不起，把你的包弄掉了。”他这次也没抬头看我，只是谦卑礼让地笑了笑。当时我有个奇怪的念头，不知他是长久不说话不习惯开口，还是根本就不会说话。

每晚图书馆 8 点半闭馆，他 8 点 15 分左右就拎包走了，而我是一直写到被管理员“赶出去”的时候。他每次走路都很快，虽是有些佝偻的背，但掩饰不了步调下藏着欢愉的精气神。我看着他的背影，竟也有点羡慕。

不管他过着怎样的生活，拥有怎样的人生，在他的世界里，他应该是一个很酷的人。这种酷，我们不懂，也不该去打搅。

04

跛脚的女青年

我好像更喜欢观察男性，女性的话，我只喜欢好看的。但好看又爱去图书馆的女孩子，真的是太少太少了。要不是这个女生一直盯着我看，我都不知她存在于这个空间。

我写着写着抬起头来，左前方座位有个女生盯着我，盯得我发毛。她眼睛大大的，20岁出头的年纪，穿了件红色的外套。我看了她几眼，她还是盯着我。有一种说法，如果你跟陌生人对视超过3秒，要么是爱上了他，就么就是讨厌他。我既不喜欢她，也不讨厌她，为什么要一直看她？是啊，我立马就低下头来继续敲键盘。

等我再次抬头，看到她拿着绿色杯子喝水。她把腿架在自己的椅子上，抖着。她喝了一口，开始低头看书。这下我才仔细打量她。她长得还不错，黑直的头发不长不短，身材也是不胖不瘦，刚刚好。她的桌前放着一个粉红色小包，配上她的绿色杯子，还真是抢眼，尖锐的配色跟她看我时的眼神一样。她不知道她睁着大大的眼睛盯着我的时候，像是盯着一个欠她500元的人。

后来我看到她去接水，肩上斜挎着包。她把椅子推到后面一点，人走出来，直到她往前走了几步，我才知道她跛脚。她跨出去的每一步，都很用力，幅度还很小，每挪动一下左脚，就必须吃力地迈动着右脚。她身体轻微晃动着，能感受到她在支撑着，那种柔弱中储着一股固执的倔劲。

她虽是无力的，但也是有力的。

每走过一排座位，就多了一两个盯着她背影看的人。不知道别人眼里看到的是什么，我只觉得很不好意思，便低下了头。她看着我的眼神，会不会跟外人看她走路时，是一样的。想到这里，我更不敢看她了。

此后，我没跟她对视过。

05

愤怒的男子

我在座位上正写得好好的，对面的男子蓦然站了起来，抱着一沓杂志，轻轻地走到我后面，举起来要打我后面的女子。这个 35 岁上下的男人，穿着黑色外套，瘦瘦的，个子很高，留着小胡子，很普通的模样。

一时，所有人都看向他，他拿着书，恶狠狠地要砸那个女人，做了几次这样的动作，嘴里还嘟囔着一些话，我没听懂，看起来他很愤怒。

我紧张得要死，怕他把我也砸了，把我电脑砸坏。电脑是我在上海最值钱的东西了，刚买来才 3 个多月，不想这样报废掉。

没砸下去，几秒后他走开了，离开那个女子，离开我的座位。我继续看着他，他走到我所在这排座位的最前面，从木质推车上又找来一沓杂志。然后还是走到我对面的座位上坐下，低头翻看着。

我更紧张了，一桌之隔的他突然再打人怎么办？我刚这样想，他果真拿起书站了起来，又一次走到我后面的女人那里。我赶紧转头看过去。还是没看到女子的脸，她背对着我。

男人哼哼唧唧咬牙切齿说着一些我听不懂的上海话，拿着书还要往她头上打，但只是做了几番动作，还是没砸下去。整个馆内的人都看向这边，我也跟着尴尬与紧张起来。

好在他跟前面那次一样，做个动作就走了，边走边咒骂着，走的时候还往我所在的方向看，我赶紧低下头来。

后来我听到有人问我后面那女人怎么回事，她轻声地回答："不认识。"我赶紧去接了一瓶水，回来时发现我后面那个女人已经走了。我生怕男人又折回来，也赶紧收拾书包跑了，真的是跑着出去的。

06

睡觉的男青年

对面的男青年在我面前睡了很多天了。

每天早上他入座后，玩上 10 分钟手机，看完好玩有趣的，他会对着手机屏幕嘿嘿笑。把手机塞进包里，立马仰躺在椅子上睡着。眼睛闭着，嘴巴张开，身子架在椅子上，有时他的头歪在了一边，我生怕他睡落了枕。沉重的呼吸声，加上不好看的睡姿，我第一天看到时还有点厌恶。

他长得胖，也不高，桌上就两本馆里拿来的杂志，没别的东西。男青年每天都穿着那件黑色的运动服，头发油腻，像是很少洗澡。他上午躺着睡，下午趴着睡，也不喝水，也不走动，连醒来的时间都是有限的。

不管周几，他都在。我盯着眼前睡着的这个男青年，他看上去30岁，或者还要小上两三岁。他到底是做什么的？为什么每天都来图书馆睡觉？不工作也不吃饭，不看书也不交流。

我很想在他醒着的时候跟他聊几句，兄弟，你好呀。但越到后来，我越不想开口，我甚至有点同情他，也同情要同情他的我。我潜意识里认为他是个蹭座、蹭空调的无业游民，但也可能是个刚上完夜班来休息的打工者。

越来越害怕去评判别人的生活，说出来的每句话都小心翼翼地。我，一个快30岁的女人，瞒着家人辞了工作，关了朋友圈，没有任何经济来源，每天躲在图书馆码字，码到自己都看不下去的穷酸作者，落魄程度也不亚于这个男青年。

我时常用“没有哪种人生是不值得过的”来安慰自己，但也有着“在寂静的图书馆写着写着就能哭出来”的时刻。不知道为什么突然会难过，好像用力去过哪种生活，都是蠢的。好在这种孤独无助的感伤，总是在我写了一篇满意的好文后，又消失不见。

有时写完一篇抬起头来，猛地发现远处天空已有一弯明月。月亮藏在树枝间，离我很远，恍如隔世。

再回头看着馆内满座的人群，在这片长久的寂静中，每个人各怀心事，各生喜悲。

我们终其一生，也不过是为了在这场自以为的盛大寂静中，孤独又英勇地做着这件又蠢又酷的事。

并且终生不悔。

We do not even have the loneliness

上海租房记

01

在上海这 3 年，我搬了 5 次家。

还没从大学领到毕业证，我就在普陀区曹杨路那边的一家上市公司见习。当时借宿在嘉定安亭的姐姐家。我不是第一次来上海，每年寒暑假，我都在三姐所在的餐厅打工，端盘子、洗碗、上菜、翻台，用一些无聊烦琐的杂活，换每天 80 元工钱。

穿着高跟鞋忙前忙后，机械化的体力劳动，常常让我在下班时脚底酸痛，累到躺在床上就不想动弹。有几次边洗杯子边哭，三姐比我更累，我只是来做一两个月的兼职，她却干了七八年。

每晚 10 点下班后，我跟三姐步行半小时到住处。常年在上海打工的二姐和三姐，2008 年合租了一室户。这是二十多年前的老宅，在上海一个极其偏僻的镇上，距离最近的安亭地铁站有 8 千米，离上海市中心将近 30 千米。

楼梯很高，每回爬到 6 楼都要大喘气。过道还很暗，照明灯坏了也没有物业来修。晚上进进出出，我都要打开手机里的手电筒才敢走。房子孤立无援地杵在镇中心，底下各家店铺喇叭里，不停地播放着哄人的折扣信息。

这套一居室很旧，但还算大，有 50 平方米。客厅、卧室、厨房连在一起，每间房都有一扇门。卫生间空间很小，还放着马桶、热水器和浴缸，只够挪转身子，也还是紧巴巴的。

客厅用布帘拉上，铺上一张床，这就是三姐的卧室，她一睡就睡了七八年。床边的窗户不隔声，每天早上，三姐都在楼下广播声中醒来。而二姐和二姐夫住在主卧。等到我去上海时，二姐和姐夫感情不和，已经分开住很久了。

从镇上到市区很远，附近没地铁，最近的站点要坐 20 分钟的公交车才能到，且镇上的公交车都是半小时一班次，经常晚点，稍不注意，就要多等半小时。

见习那段日子，我每天 6 点半起床，洗把脸就冲到公交站，到车上已经被挤得没法动弹，下了车赶去乘地铁。每天早上看到上海匆匆而过的人群，刚毕业的我，还不至于孤单，心想至少大家都一样。

02

我每天上班路上花一个半小时，抢在打卡时间前冲到公司，坐在格子间，开始又一天繁复的工作。我的同事很奇怪，公司包餐，他们喜欢留下来吃顿晚饭，再回办公室继续加班。

说加班也算不上，因为我们是没有加班费的，大家留下来也就是刷刷网页、看看剧。我是刚进公司的新人，不好意思到点就溜，没任务了也要多待一会儿，但内心深处是排斥这种做法的。

因为下班晚，到镇上的公交车 7 点就停了，我得多花一小时换另外一条线路转车。所以我几乎每天都在 11 点左右到家。到家的时候，二姐已经睡了。

她自己跑业务，给一些供应商送酒。每天坐地铁奔波联络客户，拿着几千元工资，除了交房租，还要应酬，她生性豪爽，每回跟朋友出去，都是自己抢着买单。导致每个月工资所剩无几，还要寄给留守在老家上学的女儿。几年前她从朋友那儿买了辆二手小轿车，开着车穿梭在每个供应点，没以前那么累了。

我偷偷走进房间，简单洗漱冲澡，上床钻进被窝，一切都小心翼翼地，生怕打扰到熟睡中的姐姐。我们睡一张床，各睡一头，各自盖着被子。

黑暗中，我感受着一切，看着看不到的天花板，觉得一切都不真实。姐姐呼吸很重，是这个房间仅有的存在感。我还真的就这么毕业了，就这样成了外来务工人员。想着想着就睡着了，第二天继续重复。

03

我在普陀区最有名的大厦里上班，这可能是我这个刚毕业的上班族唯一值得炫耀的地方，戴着工作牌，出入在这个高端写字楼，怎么着也算是个都市小白领，有着一种愚蠢的傲娇。这种傲娇是自欺欺人的，连自己都心虚的。蒙着眼过的日子，被现实一撞，忽一下子就倒了。

我到现在都不知道有没有走错毕业后的第一步。第一份工作好像怎么选，都是有顾虑的，都是憋屈的。

大四下学期，过得心慌又急躁。搞不清楚自己到底要干什么，所以我疯狂面试，面试了大概 30 家吧，上海、苏州、杭州、南京都去了，一天两三场，几乎是场场拿下。但我总觉得最好的一定在后面，挑来挑去快到 5 月了，时间到了，就定了这家上市公司。

可惜，处心积虑所挑的，得到以后却不知珍惜。最后饥不择食随便选择的，却不是自己最爱的。那是我第一次感受到，离了校园，依然在跟同龄人赛跑。我让自己跟每个人一样，在什么阶段做什么事情。每场考试都有时限，时间一到，匆匆交了卷。

大学同学各自奔波，在班级群里吐槽工作艰辛。我的同事们为了一年前我就听过的段子哈哈笑成一团。我坐在靠窗的工位上，抬头就能看到天空。从 23 楼的视角往下张望，十字路口的车水马龙从不停息。上海永远都有这么多行人和车子，声音和躁动。

在我发现自己不仅学不到东西，还胖了 5 斤以后，就提交了辞职申请。这是在我转正一个月后。

04

办离职手续那天，我下楼时遇到了大学同学。“你怎么在这儿？”我俩几乎异口同声，觉得奇妙。她在我楼下的公司当记者，做汽车资讯采编，经常出差，每个月有十天半个月时间不在上海。

我说：“你住在哪里啊？”她回：“公司旁边的小区，走路只要 5 分钟，我每天睡到 8 点半才起床。”我听完很惊讶，想到自己每天上下班路上要花四五个小时等车、坐车、转车，羡慕得很。

她说下周要去成都 20 天，把房门钥匙给我，让我这段时间住过去，省得路上来回跑，我感激涕零，请她吃了碗面。

第二天我就提了个大行李箱到了她的住处，在一个中档小区的 10 楼。她没有一楼门禁的钥匙，上楼基本靠运气，只有同一栋楼的人过来开门，才能进去。

行李刚落地，我就被房间的格局吓住了。大约 100 平方米的一套房，被隔成了 8 间，原来是非法群租房。我所在的那个房间只有 6 平方米，可能更小，放一张单人床、一个小衣柜几乎就占满了，而这个房间的房租要 1200 元一个月。

8 个房间的人共用一个卫生间。每天早上所有人赶在上班点抢着同一个马桶、淋浴、洗漱池。我每次去卫生间洗漱时，反复确认门是关好的，没人可以进来，即便进来第一时间也能被我发觉，我才畏畏缩缩脱衣服或是蹲马桶。

晚上睡觉时更紧张，房间的门看着就不结实，像是一脚能踹开。每晚临睡前，我都把椅子堵在门缝处，门把手上套上绳子，再绑在墙面的钉子上。

上海这城市大家各忙各的，室友们说着夹杂各地口音的普通话，不过分热情也不过分矫情，若即若离恰到好处，这也是我很喜欢的一点。我在隔断间半个月，没跟任何人讲过一句话，也没人找我说话。

这里住着各式各样的人，职业、年龄、谈吐各不相同，唯一相似的可能就是气质：每个人身上都自带一种无力的憋屈感。这跟上海早高峰地铁上每个人的表情都是一样的。

记得最清楚的是我隔壁房间住着两个男生，他们的房间只有一张床。群租房环境差、空间狭小我倒还能接受，但根本隔不断的声响却让我时常失眠。两个男生每天下班回来，都会放歌听，那种我老家县城大巴上经常放的网络歌曲，不知几点关掉的，早上 6 点又被他们的闹钟吵醒。

非常奇怪的两个人。闹钟从 6 点吵到 8 点，他们也不关掉，也没有起床的动静。我一度怀疑他们死在里面了，等着房东敲开他们的房门。所谓的歌曲和闹钟只是提前设置好的假象。我害怕极了，没有确认他们存在的勇气，心想也跟我关系不大。

夜越来越深，我站在窗户边，看着远处渐渐暗下去的万家灯火，突然有点孤独。

05

我很快找到新工作，在杨浦区五角场的一家创业公司。新公司有个同事搬家了，把房子转给我。我住次卧，主卧是另一个同事，也是那年刚毕业的女生，山东人。

房子是 1994 年建的，很老，没电梯。老房里留下许多老人，每天早晚都看到他们三三两两坐在小区的长椅上，操着一口上海话聊着天，晒太阳，或是目送着我们这些上班的年轻人到拐角处。

每次从小区门口进来，走到拐角处那户人家，我的目光会不自觉地跟一个佝偻老头儿对上。他住在一楼，他家对着路口的那面墙只有一扇窗户，他把窗户下面的墙面给打通了，装上了一扇门。

他的房间脏暗破旧，隔着老远都能感受到里面毫无生气。老头儿总是坐在门口，盯着往来的每个人，视线也不离开，每次我都不好意思地把头转开。我跟室友讨论过这个问题，她说“像是脑子不好”。现在即使离开那里好几年了，我都还忘不掉那种眼神。

我所住的两居室房子，总共 45 平方米，没有客厅，空间很小，次卧 10 平方米不到，房租一个月 1300 元，不包括水电费。当时我的月薪是 5500 元，也还算宽裕。比起陆家嘴、淮海路、静安寺、徐家汇那边动辄八千上万的月租，已经很满足了。

我长这么大，第一次拥有了属于自己的房间，这让我欣喜不已。在老家生活时，跟姐姐们合挤一张床。在外面读大学，也是住四人间的寝室。而此刻，这个房间的完整使用权都是我的了，至少这一年是的。每天下班到家，关起门来，世界就是我的，从未有过的安全感。

只是这房子太过破旧，住进来一个月，马桶、热水器、油烟机、燃气灶、空调都坏了，上门修理的师傅都摆着手皱着眉说：“太老了，年代太久了，该换了。”

我跟室友把情况告诉房东阿姨，她是上海人，跟老公和儿子儿媳住在一起，离这里还有点远。她在电话那头一直抢话，我说一句，她讲三句，根本不给我辩解的机会。最后她总结道："我租给你的时候是好的，我不管，你们搬走时要是还坏掉的话，我要扣你们押金！"

我当时气哭了，挂了电话不知如何是好。室友也很生气，但也没办法，我没签合同，中介那边也不认账，我们也只好认了。最后跟室友商量，还是得把必用的马桶和热水器一起花钱修了。

后来房东阿姨过意不去，打电话过来说："明天有人过来修。"第二天来了一个上海大爷，当时只有我一个人在家，他在厨房捣鼓了半天，翻翻油烟机，看看燃气灶，还去卫生间测试了下马桶。

最后说了句："不好修啊。"

我问："修理费大概多少钱？"

他说："不好讲啊。"就走了。

不一会儿室友回来，说路上看见房东了，我这才知道刚才上来那人就是房东。

最后还是我跟室友自己掏钱修了。

06

室友长得很好看，高高瘦瘦，人也和善，在上海读的大学，毕业后留在这座城市工作。

她有趣，有自己的想法，我很难想象什么样的男生能跟她恋爱。我们每天在小小的厨房里八卦公司的种种，我们那家 50 多口人的创业公司，每天也会发生一些有趣的事。她喜欢宅，喜欢上豆瓣，喜欢做土豆泥吃，经常在午夜或周末接到部门老大的附加任务。

主卧月租 1500 元，她觉得有点贵，就招室友入住，分担房租。

前后住进来两个人，都是外地来上海实习的大学生。第一个女孩子性格爽朗，在一家创业公司做公关，老板经常请员工出去玩一晚上，有些夜晚她就不回来了。

另一个女孩，从四川来上海一家旅行网站实习，长得很漂亮，就是跟我室友合不来。两个为了省钱挤在一张床上的陌生女人，必然是有隔阂的。因为看剧不戴耳机，因为吃完饭不收拾桌子，因为一个打了很久的深夜电话，两个陌生女人的空间，不说话，也是战场。

这两个女孩都是短租，住上一两个月就走了。到了当年年底，室友突然说要离开上海，我问她为什么？她说："我在这里工资太低了，交完房租就差不多了，靠家近点也好。"

没多久，她就飞回山东的老家了。走之前取走了这大半年缴纳的所有公积金，还留给我一些带不走寄不了的东西。

我们断断续续维持着联系。她回山东后休息了一段时间，到处找工作，开始我们还能互相吐槽下生活艰辛、活着不易，慢慢地各忙各的，也就不怎么说话了。

前不久她突然发微信问我，可不可以帮她填写一份本地公务员报名表，她说为了完成上面领导的指标，让我充个数。我当时身上没有一寸照片，帮不上忙，就没填。她说没事。

我想她现在应该是在老家做公务员，这可能是每个小城青年最向往的工作。

可我却不知道，是该为她开心，还是难过。

07

她回老家之前，我们担心没有人接盘住进来，我一个人担负2800元的月租太艰难了。我宁愿搬出去。房租一旦超过收入的三分之一，整个人就没安全感。我跟她开始在网上各种发帖，发招租信息。来了好几个人看房子，最后我们定了一个在五角场做建筑设计的女生。

第二任室友叫小静，28岁的沈阳姑娘，矮、胖、拘谨，戴着一副不怎么好看的眼镜。在建筑设计行业工作5年，在国内最好的房地产公司上班，拿着两三万元月薪。

我一周有四五天时间见不到她，她很少在10点之前回来，经常在凌晨三四点回来倒头就睡。我们偶尔在厨房碰上了，点个头打个招呼就当是见了一面。超负荷的工作，让她体内长了肿瘤。

她妈妈刚退休，在东北老家也没事，就过来照顾她。整口在房间里看电视打发时间。我每次下班到家，小静妈妈早就做好了饭，把锅台收拾得很干净，怕给我添麻烦。有时包饺子，有时做饼，菜香味飘满整个房间，我听到她们的欢声笑语，还有点羡慕。有时候她们会叫我一起吃，我也怕给她们添麻烦，接过一根玉米或一块饼，道个谢就回房间了。

第二年春天，小静的病情好转，她妈妈就回老家去了。她妈妈前脚刚走，后脚她就带男朋友到家里过夜。之前我也见过他几次，江西人，不高，戴着一副厚眼镜。跟她是同行，在同济大学附近上班。认识大半年，两人决定结婚了。

在这之前，小静刚跟谈了8年的男友分了手。

小静毕业那年，跟着大学男友从东北一起来上海，男友经常跟公司领导吵架，然后辞职在家，也不积极找工作，到后来都靠她养着。她把攒下的几万元给了男友开店，没做几个月就倒闭了。

“他脾气越来越差，还犯了我不能忍的原则性错误，最终决定跟他分手。”她轻描淡写地跟我说着这些。

“他回老家后，没多久就结婚生子了。跟他在一起快 10 年了，还是分了。3 个月后，我就在微信上认识了现任男朋友。”那天她一口气跟我说了很多，表情没什么变化。

每个住进来的室友，都会被房东阿姨气哭一回。有一次家里水龙头又坏了，小静给房东阿姨打电话，不知怎的，突然听到她跟房东吵了起来，小静在电话里吼着“不帮我们修东西”，“是你不对”，“我要去告你”……

没多久，房东阿姨跟我们说她要卖房子，儿子儿媳需要另外买一套房子，跟老人分开住。她让我们一个月内搬出去，我跟小静也受够了各种家具、电器三天一小坏、五天一大坏的日子，只得各奔东西。

记得那天知道这个消息时，我站在房间窗户往下看：我在前同事那里花 20 元买来的三手自行车还锁在门口，不远处的休闲区坐着打牌听曲的老头老太，邻居手里提着刚从 200 米外的菜市场买来的食材，也有年轻的妇人抱着孩子散步……

真是很平常的一天呢，可我却将不属于这里，也不知道我将去哪里。我的到来与离开，跟这个房子这个小区这个城市，没有太多关系。阳光真好啊，外面暖洋洋的，还是得打起精神继续找房子继续生活，不是吗？

当时小静跟我说过一句话，我到现在都记得，她说："等你第三次搬家的时候，你就特别想拥有属于自己的房子了。"

08

在找房子那段时间，我也换了工作。

我至今都不知道当初辞职的原因是什么，在创业公司没提升了？厌倦了这个沉闷的环境？人生可以有更好的平台？我都不知道。老板对我很好，主动给我加了两次薪水。记得当初来面试时，我跟他聊了很多，最后问我理想薪资，我说4000元就够了，他说别低估自己，然后给了我5500元。我觉得自己被重视了，就过来了。做了一年，又走了。

我入职了新公司，还没找到房子。每天下班后到处跑，地铁转来转去的。在上海找房子确实是一场艰难的争夺战，紧俏的房源太贵租不起，太差太偏的房子不想住，适中的房子一抛出就被秒抢。很多时候就因为晚来了几分钟，一套房子就被前面的房客定下了。更糟糕的是遇到虚假房源，买家秀和卖家秀总是千差万别。

在找到房子那天，我看了三家，第一家被人预定了，第二家是骗人的中介。去看第三家房子的地铁上，我挤在人群中，那是晚上9点左右，望着车窗外灯火通明的夜上海，觉得自己太过渺小与卑微。一个人生活太难了，越想越难过，要哭出来。

我心力交瘁，到最后一家，感觉都还可以，也不想再挑来挑去的，当场付了1500元定金。那天晚上，从徐汇区坐地铁回到五角场，花了我一个半小时，但房子这事定了，总算是安心的。

搬家的那天，五角场的房东阿姨过来跟我们交接，我跟小静紧张得要死，怕她不给我们押金。不过她最后也没为难我们，扣除了当月的水电煤费用，也算正常给了。

我叫了运输师傅过来，送我去二十多千米外的新家。那时候是5月，天气已经有点热了。为了省点钱，我一趟趟上上下下搬运行李到车上。

快发车时，小静叫住了我。她那天也搬家，搬去跟男朋友一起住。男友在同济大学租了一室户，打算过渡一下，因为他们已经在上海郊区嘉定看房子了，打算买一套。

有一回我们聊天，她跟我说了很多："每个来上海的外地人，在第五年都会决定去还是留。我们打算留下来，但压力也很大。我男朋友前段时间想回江西老家生活，我不愿意，他在阳台坐了一晚上，我去找他时，看到他正要往下跳。我吓得抱住他，哭着跟他说，你去哪里我就跟到哪里，不要做傻事。后来他平复下来，决定跟我留在上海买房子。其实我当时是骗他的，他要是回老家了，我是肯定不会跟他走的。我来上海5年了，决定留下来。"

搬家那天，她拿着一根晒衣服的长铁棍。上海这里的老公房想要晒衣服，要在阳台外面架上几根长棍，把湿衣服挂上去即可。她手里拿着的，是搬进来那天，从旧房子带过来的长棍。

小静叫住我的车，我以为是跟我说再见，没想到她急迫地对着司机说："能帮我把这根棍带到同济大学附近吗？出租车不好塞，地铁也不让上去。"

司机打量了一下这根棍，摇了摇头，说："不顺路啊，也塞不下。”

她很急，天气又热，她的额头开始冒汗，还不放弃：“我给你100元。”

师傅这下气了，直接说：“我没见过钱啊，不带，就是不带。”

我跟师傅说：“我不赶时间，你不嫌麻烦可以绕个道过去。”

师傅没理我，直接发动了车子，我本想跟小静道个别招招手，但车子已经开动了。从后视镜里看到她跟长棍站在一起，这是我最后一次见她。

她比搬进来时胖了许多，远远地看过去，两条粗短的腿和圆圆的肉身。特别是肉鼓鼓的肚子，衬衫贴在她身上，显得更胖了。那根又长又细的长铁棍跟她站在一起，更为突兀显眼。

她捋了捋头发，又擦了擦鼻头的汗液，不知道在想什么。

这样的一个人，为什么对一根普通的长棍这么执着？等我走出小区，才想到一事，她曾跟我说过，这个晒衣服的铁棍，是她那个前男友买的。

09

我搬到徐汇区龙华那边，房子离地铁口步行20分钟，离徐家汇的新公司5千米，每天骑车半小时就到了。也是老公房，但也不算太旧，3年前中等装修过，比五角场的大很多。我也从10平方米的次卧搬到了20平方米带独立阳台的主卧。

我终于在房间里添置了落地镜、书架、衣帽架、地毯，贴了墙纸，挂起了照片墙，在阳台养了花草盆栽。我也有更多时间做饭吃。楼下有 24 小时便利店，有一个父子俩开的烧烤摊，还有一家每天都想吃的麻辣烫。

房东是个地道的上海男人，在附近的上海植物园上班，温文尔雅，大大方方。有一回热水器坏了，他第二天就过来换了个新的。洗衣机转不动了，他当周就换了台好的。

每次过来修换东西，我说：“麻烦你跑一趟了。”他总是连连说着：“是我东西坏了，你们生活才受麻烦呢！”我一听很是感慨，想到了五角场的房东老太太，越发觉得现在的房东好。

室友是 1988 年的姑娘，独生女，在人民广场一家证券公司上班，文文静静，有些高冷。佛教徒，每天吃斋念佛，从不吃荤。我经常在深夜一两点上厕所时，听到她在黑暗的房间里念佛的声音。

人还不错，就是邋遢了些。煮完饭的电饭锅两个月不洗都长了霉菌，冰箱里塞满了各种过期变质腐烂的食物，吃饭的餐桌上有时能看到她的袜子，她房间里到处躺着衣服、鞋子、零食袋……我每天再晚回家，也要把厨房、卫生间、客厅拖洗一遍。

她房间唯一干净的地方就是佛台了，她外出时就让我帮她点点香，给佛台换换水。除了长假出去参加法事，周末她都宅在家里念经。也没什么朋友，只结交几个佛友。偶尔她会带着佛友来家里小住几天，一起吃素念佛。

她跟佛友最兴奋的，是一起听电台的讲经大师打电话。大师在电话那头解答每一位热心来电的施主的困惑。每次接通了大师的电话，我的室友和她的佛友就异常激动。

大师在电话那头建议她们多去放生。

10

室友的妈妈也来这里住了一段时间，她们一起念佛。有一回我晚上回到家，她妈妈敲我的门，拿着一本经书，跟我说："今天我们打电话给大师，她说你这房间照片太多了，应该拿下来，不然房间里不太干净。这本经书你拿去读读，读完以后烧了，可以驱赶你房间的东西。"

我听完心里直发毛，支支吾吾应答着，当着她的面把我做的照片墙给拆了。经书放在我的房间里，到现在都没有读。

我们上班的时候，她妈妈就在家里念佛，周末她妈妈可能会跟我聊几句。问我家哪里的？做什么的？工资多少？有没有男朋友？男朋友工资多少？做什么的？上海有房子吗？

我说："工资不高，没房子。"

她说："最好嫁给一个有房子的人啊。"

我不知如何接话，就走了。

有时我在房间写字，她妈妈过来说："会写文章真好啊，我闺女工资都没你高呢，快 30 岁了，才 5000 元。"

我更不知道该怎么接话了，继续低头写。

相较于她妈妈，我更喜欢室友。她买了好吃的马上跟我一起吃，有吃不完的东西都让我帮她解决，新买的包包不想用就送给我，每次我打扫完，她都特别不好意思捂着嘴说自己太懒太邋遢。

不过她从来没跟我敞开心扉，也不跟我聊工作和生活。我到现在都不知道她具体做什么工作的。也没听她提到过要交男朋友。有一回我在看《白夜行》，她走过来，倚在门上说："呀，你也在看啊，我失恋那会儿也看过这本书。”我没有问她更多，有些话要是想说，总会自己开口，强求无意义。

一年后租房合同快到期了，我去问房东有无续约的打算，他说：“这个房子还是3年前的市场价，现在行情不同了，我们要涨了。”涨了1500元一个月，我跟室友觉得太过夸张，不能接受，决定搬家。

想到客气爽快的房东一口气涨了那么多，我不禁悲从中来。卖方和买方，终究还是利益关系。我更感叹的是，人生要到什么时候，可以不为了突然涨价的房租而焦虑呢。

11

很累。

这次不想自己找房了，让中介帮我看房，我付中介费。第二天，中介阿姨就给我打电话，附近小区有一室户出租，在顶层的6楼。我去看了房后，40平方米，没有客厅，但厨房和卧室够大，3000元一个月。

我想了整整一周，还是决定租下来，贵是贵了点，但我当时薪水也快上万了，勉强还能撑过去。一个人住，总是省心的。可是这3000元房租，都快赶上我老家县城的房价了。不能想太多，想太多就是给自己添堵。既然出门在外，就不要跟老家的人比。

搬家那天，没想到我会有那么多东西，收拾了20包行李。看着满屋狼藉，我这个资深洁癖第一次不想动手整理。其实我当时想的是：

我很可能在某一天熬不下去了。

把东西提上没有电梯的 6 楼，躺在床上就哭了起来。6 楼，又是 6 楼，最高层的 6 楼。我住那么偏僻的小区，二手房房价都涨到 5 万一平方米了，更别说市中心的十几万。毕业这两年，卡里的余额越来越多，我那天算了下，离能在上海买套房，大概还差 500 万元。

房东一家都是东北人，30 出头，老婆刚生完孩子。他的父母手头宽裕，给孩子在浦东赞助了一套大房子。房东喜欢看球，整日看他在朋友圈发上海体育场比赛现场的图片和视频，他开车技术好像也很一般，经常收到他车子的罚款单，发信息叮嘱我好好保留着单子。

住了半年，他就把房子卖出去了。新房东一家住在闵行，买房子只是为了投资，自己不住，租出去，等着房价上涨转卖。一年后，我所租的这套房子就涨了 100 多万元。

我的新房东，是个做生意的商人。我让他帮我办一张上海居住证，房东当即答应，到约定那天早早地过来，我们去居委会开了证明，又打车到最近的社区事务所。他不紧不慢，很是配合。快结束时，他说："我要和一个朋友谈生意，先走了。"我说："等下我打车送你去车站。"他说："不用了，我喜欢走路的。"

据说上海限购后，他跟老婆离婚，又买了一套房子。不过还没到复婚那天，他老婆背着他跟别人再婚了。

一直是他女儿跟我沟通，我每季度把房租转到她账上，也是我跟她唯一的聊天记录。

在这边住了一年多，房租每月又涨了 300 元，我也没搬家，不想折腾。每到交租那天，就忍痛送出 1 万元。

除了阳台经常渗水进来，一到雨天就异常潮湿，别的都没大碍。一室户住起来真的很舒服。不管我多晚下班，到家了总可以放心大胆地在房间里走动，偶尔还能在厨房里煮碗面吃。房间里每个角落都是经过我精心布置的，乱了还可以亲手还原它。

我现在的工资还算可观，省一省，每年能攒下一点钱。我也不知道攒这笔钱到底干什么，除非发了一笔横财，我在上海是买不起房子的。这笔钱可能一部分是爸妈老了以后的医药费，一部分给我以后急用，一部分跟未来老公还房贷。钱，要花总是能花掉的。

时常想着，我离开家乡，去武汉读书，又来上海工作。明知道留下来很艰难，还是死扛着。来上海这 3 年，我从嘉定安亭，搬到普陀曹杨，再到杨浦五角场，最后到徐汇龙华，在龙华还搬了一次。因为房东卖房、房租涨价、换了工作等任何一个原因，都可能再次流离。

我挣扎在这个城市，居无定所，三番五次，只为每次的停留，能久一点，去多看一次展览，去多看一场话剧，去多认识几个有意思的人。哪怕只是多享受一下每天早晨起来后从阳台照过来的光。

12

这几年刷朋友圈，那些留在老家的同学早就结婚生子，住着便宜又宽敞的大房子。曾经最好的女朋友，也为了房子，嫁给了上海郊区矮胖又无能的男人，只因他有一个上海户口、一套上海房子。

上次我跟她见面，我说："你婚后过得开心吗？"

她扑哧一声，用一种嬉笑的眼神看着我，说："有什么开不开心的，日子嘛，闭着眼就过了。"

我看着她，眼圈有点红，也跟着笑了。

临走时，她抢着买了单，并对我说了一句：

"你一定要坚持久一点啊！"

We do not even have the loneliness

54 号楼的老太

01

胖老太坐在 54 号楼下的躺椅上，一只脚落地，一只脚搭在板上，手里摇着蒲扇，漫不经心。第一次听她说话是在 10 点多的夏夜，热风呼呼，看不清脸。

“小姑娘，侬那里不能停车晓得伐？”我刚锁好自行车，吓了一跳。仔细辨认后，一个胖黑的身体对着我讲话，是住在 4 层的胖阿姨。

54 号楼的门前，有一块二十多平方米的小树林空地。胖老太说：“这里专供小区老年人‘玩乐’，你们小年轻不要把车停在这里。”我哦一声把车推得老远。

白天，到晚上八九点。破旧的老公房楼下那块空地，坐满了白发的老人，在那里打牌、聊天、犯瞌睡、目送年轻人上班下班。胖老太是闹得最嗨的那个。她的嗓门很大，聊天总少不了她。她的话题也最多，嘴里吧啦吧啦没停过。她也是其中最胖的，每回经过时总能看到她呼吸很重，额头和鼻子都往外冒汗。

或许这就是她想要的晚年生活。在这半只脚踏进棺材的人堆里，她显然更加有活力，威风而快乐。

有回我加班回来晚，到楼下已经 11 点了。她还坐在那里，耷拉着脑袋打着盹。这时从楼上跑来一个神色慌张的青年男子，操着一口上海方言，意思是这么晚了快回去吧。胖阿姨只管找掉到地上的蒲扇，捡起来扇了几下，说：回去也是等死，还不如外面舒服。

男子没说话，转头就上去了。胖老太终究还是慢吞吞站了起来，跟在男子的后面，往楼上踱步。她拉着扶梯，每上一个台阶，就艰难地挣扎一同。

我想此刻她肯定呼吸急促，鼻头微微出汗，回去会大睡一场，明天醒来兴奋地跑到楼下。在这方寸之地，她主宰着一切，并乐意虎视眈眈着每一个往来的小年轻。

02

楼下的独居老太已经好多天没动静了。往常我一晒被子，她就从下面伸出头来，叮嘱我晒完一定要把长棍子收回去，不然这几根空心管子就会漏水到她的窗户上，她一开窗，水一瞬间全部流进她家里了。

这都已经好几个星期了，我晒了三回被子，也不见她出来跟我说话。以前上班的时候，每天早晨她都会站在家门口，跟对门那个阿姨聊天。我一经过，她俩总是万年不变的问候：上班了啊？上班好晚的哦？骑车还是坐车？我每次熟练地回答：嗯，不晚，车被偷了坐地铁。

我失业后，整日待在家里走来走去，也没听过她跟对门的阿姨站在走廊聊天。我想她肯定是去她儿子家了。想起有天早上我急匆匆跑下楼，正好看到她在锁门。戴着个草帽，脚边是装满菜的塑料袋，应该是刚从菜市场回来。我说："阿姨早啊！"她说："早！早！我正好去儿子家做饭。"讲话有点快。

后来我就经常看到她把肉啊菜啊塞在车后面，然后骑上电瓶车，出了小区后门飞快地往东边拐去。

国庆节那几日，我晾晒在长管上的衣服被风吹到楼下了，去敲楼下阿姨的门，依旧没人回应。问了对门的阿姨，说："不知道，奇怪了，好多天没动静了。"我继续问她："是不是去她儿子那里了？"对门阿姨咋呼起来："瞎说，她哪里来的儿子，她儿子出国好多年了啦，跟她不联系的。"说完眼睛瞪得老大。

"我看阿姨每天都买好菜去她儿子家里做。"我越来越疑惑。

"不是的，她在东边工厂里给工人烧饭的啦。"对门阿姨吐出这句话，不愿多说。

我辗转反侧想了一晚上，如果明天楼下阿姨还不出现，我就让物业想办法进屋瞧瞧。

不过第二天，天还没大亮，楼下消失的阿姨就敲着她的晾衣竿，对着上面喊着："小姑娘，你的衣服掉了啦！"

恍惚间分不清现实还是梦。

03

三楼的刘老太这天醒来，第一件事就是跑到菜市场挑一条新鲜的鲫鱼、两斤刚出市的排骨肉，还有她孙女最爱吃的基围虾。等会儿她两个儿子拖家带口回来吃饭。菜市场一如既往，臭烘烘，热腾腾。

她好不容易挤到家，已经 8 点了，扔下塑料袋，脱了鞋子，卷起袖子赶紧准备原料。她突然想起来，冲卧室叫着正在看报纸的老头，到厨房帮她剥毛豆。

今天国庆假期，难得孩子们都过来聚聚，常年冷清的家里即将闹腾起来。大儿子在事业单位上班，说出去有面子。二儿子做做生意发了点小财，说出去更有面子。两个儿媳妇也算懂事贴心，逢年过节各自带着孩子上门热闹一番。

还没到 12 点，两家就聚齐了，平时大到空虚的房间一下子小了许多。锅里煮的排骨汤冒着热气，发出滋滋的声响。刘老太抱着这个乖孙子亲了又亲，围着那个乖孙女说又长高了。欢声笑语飘荡在整栋 54 号楼。

很快，一个月使用一次的大餐桌上摆满了盘子碗筷。一大家子 8 口人围坐在一起。说着跟上个月没区别的话，互相夹菜夹菜，说道吃吃吃。刘老太看着一张张熟悉又快乐的脸庞，心满意足地吃了口米饭。

儿子们来得快，走得也快。下午 3 点不到，两家人就吵着要回去。

大儿子心疼她，走时说了句：“每次烧饭太辛苦了，下次我们去酒店吃吧！”

刘老太没多说，目送着两辆车子走远。

不多久，她提着几袋垃圾慢吞吞走到小区垃圾箱位置。

晚上，刘老太洗好碗筷拖好地后走进卧室。她突然想起一件事，推了推身边快睡着的老头，说：“我总觉得今天的一切在什么时候发生过？”

老头取下老花镜，笑着说了句：“已经发生十多年了。”老头没再理她，盖起被子昏昏欲睡。

刘老太坐到梳妆台前，看着镜子里的自己。

她猛然发觉：原来已经老了这么多年了啊。

04

夜深了，小区白天的各种嘈杂停息了，偶尔传来隔壁楼层年轻男女的打闹声。54 号楼里的老太们，早就睡着了。

We do not even have the loneliness

独居房东

01

高三上学期，为了每天晚自习后多学几小时，我在学校附近找了间月租 100 元的民房。房东是个 60 来岁的老头儿，不足一米六的个头，架不住瘦弱的身子。他走路很轻，不平稳。呼吸很重，像从喉咙里挤出来。我妈关上门偷偷跟我讲：“这老头子有肺结核，你不要跟他离得太近。”

出租屋距离学校一千米，扎在一片老居民区的巷子里，横七竖八绕好几圈才能找到。我每天早上 5 点多起床跑到学校晨读，晚上 10 点再跑回来迅速关上门。

房子上下两层，合着有八九间，楼上 5 间全部拿来出租。我的隔壁住着邻校中学 3 个高三男生，还有一个在附近县医院实习的小护士。

我偶尔从门缝中看到，那3个男生的房间里，只有一张大床和一个烧水的壶。三人横躺在一张床上。他们租在校外，纯粹是为了通宵上网。我经常在睡梦中迷迷糊糊听到他们回来开门的声音，或者半夜三更站在门口跟小护士嬉笑怒骂。

小护士比我小3岁，在卫校读书，被男朋友家安排在县医院实习。她对我很和善，有好吃的会先到我房间塞给我。我除了羡慕她，就还是羡慕她。

她长得好看，穿的衣服也好看。一周只需上3天班，还有个男朋友帮她交房租，给她生活费。而我的生活总是被不确定的未来牵绊着。

02

我的房东，那个得了肺结核的独居老人，整日不出门，一个月我都见不到他几回。楼下只住他一人，他的房间靠东，房门常年紧闭。我在那边大半年，一次都没进过他的房间。

有时他敞着门出来打水，我经过时瞟上两眼，他的房间昏暗、杂乱。被子的污垢累积成块，粘在一起。床头地面是一堆啤酒瓶，还有零零散散一地烟头。

偶尔我下来接水，遇上他，也总是刻意保持距离。他会主动问我一些问题：在哪个学校读书？今年多大了？老家在哪个镇？家里几个兄弟姐妹？我在看房子那天已经回答过他了，他总是时不时重复着。是不是人年纪大了，都喜欢这样问年轻人相同的问题呢？

老人常年独居，如果不是一个周末来了个女人，我都以为他没有亲人。楼下一阵争吵声打乱了正在楼上写试卷的我。我穿起拖鞋就匆匆走到楼下假装接水。

女人 30 来岁，矮胖，穿得倒很得体。两只胳膊交叉着，生着气，表情狰狞。老房东的门敞开，他坐在床边抽着烟。

“我为什么不能见我孙子？”很少见到房东这样激动。

“你过去干啥啊，你过去不方便。”女人说。

“你们一起过吧，当我死了。”房东突然吼了一声，我一惊。

“你这样子，活该没人跟你过。”女人狠狠地甩门就走。

我吓得不敢说话，赶紧跑到楼上。

房东那晚咳了很久。

03

一个月后，老房东的房间里突然多出了一个七八岁的小男孩。那天，我第一次看到房东家的厨房有了烟火气。他炒上 3 个小菜端到那个昏暗杂乱的房间，男孩手里拿着一只塑料玩具风车正晃悠着，老房东不停往他嘴里塞菜。

当天下午，之前那个矮胖女人就急匆匆接走了孩子，那架势简直可以用“抢”来形容。她一边拖着男孩往外走，一边认真教训他：“以后别来你爷爷这里了，他有病。”

房东的房间又恢复死一样的沉寂。那个玩具风车还插在大铁门上。风一吹过来，风车就开始转了。

小护士吐着瓜子皮，坐在我的床边，跟我小声嘀咕着：“我听邻居说了，这房东自从得了这病，就没人跟他一起了。他还有个老婆子，嫌他这毛病，就去儿子家过了。”

小护士又重新抓了一把瓜子，继续说道：“说来也是可怜，一个人守着这套房子。不靠我们这点房租，他早就死了。对了，你看他那样子，走路外八字，还慢吞吞的，跟个王八似的，嘿嘿嘿。”

小护士边说边笑，瓜子壳粘在了嘴角，我没好意思提醒她。

04

离高考还有两个月，我紧张的神经更加紧绷，终于在某一天熬不下去病倒了。

我拿着水桶晕乎乎地下楼打水，扶着墙，步履蹒跚，眼前差点一黑倒在地上。

“我来吧。”我转身看到房东，好久没认真打量他，他精神越来越差。说完上前提着我的水桶。他比我身子虚多了，可还是提着水桶上着一个个台阶。本来十几二十秒可以走完的楼梯，他跟我用了两三分钟。

“谢谢啊！”上来后，我试着对他挤出笑容。

“不客气，睡一觉就好了。”房东丢下水桶，就连忙站到门外去，跟我轻轻摆摆手，嘴唇动了动，笑了下，转身走了。

随着高考的临近，隔壁 3 个男生愈加狂躁。不知他们从哪里搞来一台音响和话筒，不去网吧的夜晚，他们仨就在房间唱到半夜一两点。这破房子隔声本来就差，再加上家庭式 KTV 的“助阵”，有很多次，我都想冲上去砸门，但理智告诉我，一切以高考为重，能忍则忍。

这道数学题还是不会解，那章历史知识也记不住。有很多次，隔壁房间歌声荡漾，我在被窝偷偷抹泪。人一矫情起来，不能感动天地，倒是能感动自己。

我像是向老师打报告的女同学一样，跟房东抱怨糟糕的环境。房东扶着门框，颤巍巍地站在门口，微微点了点头，说："你先回去吧。"我被房东房间的恶臭熏得难受，飞快地走掉。

每一次都想快点逃离。

第二天起，我再也没在晚上 10 点以后听到他们的声音。

他们跑了。欠了房东 3 个月房租。连夜跑了。

"对不起！"我觉得是我的错，房东不去激怒他们，或许就没事了。

"算了，又不是第一次了。"房东喘着气，挤出几个字。

05

高考结束后，我没有马上退房。

我把房间留给了到县城补课的弟弟，他当时正在读高一。一个平常的午后，房东叫住我弟，让他帮忙去小卖铺买包烟。我弟照做。几天后，我弟补课回来，发现一群人在房东房间。房东的身上盖了一片白布。

房东死了。

走得很安静，没打扰任何人。

我弟当天就回家了。后来我妈跟我讲起这件事，还一惊一乍。我“哦、啊、呀”表示知道了。

只是我妈不知道，很多年过去了，我时常想起那个时候，半夜2点的数学题、隔壁房间的男生和小护士、得了肺痨死去的孤寡老人、大铁门上的玩具风车，还有那个我永远不敢跨进去的阴森房间。

这些，一次次出现在我的脑海里。零零散散的一些片段，总是不合时宜地闯进我的记忆。

我想我是害怕的。我内心深处有一种恐惧。我害怕死亡，我害怕苍老，我害怕绝望。

我更害怕自己。当年听到我妈说老房东去世时，我竟然没有难过。

We do not even have the loneliness

弱　者

01

当记者是我从小到大的理想。高考填志愿，我几栏都选了新闻学专业。有时候我也矛盾，究竟我是喜欢报道更多的事实真相，还是享受记者这份职业带给我的成就感。

一到大学，我就加入了学校的新闻媒体做学生记者。刚开始写着学校社团的活动新闻，报道学院的娱乐晚会，每周能有一两次上校报的机会。

因为表现良好，我在大二那年被学校宣传部的老师叫过去帮忙。学校每年都有宣传指标，必须达到一定曝光量。老师让我多写写学校的丰功伟绩，他再拿到外面的省市报纸上投稿，我也的确写出了几篇漂亮的稿子。

虽然只是豆腐块的版面，但毕竟是省市级媒体，一上稿，足以让我开心好几天。每次跑到报刊亭买当天的报纸，看着自己昨天敲在键盘上的文字印在了可触摸的纸张上，可以说是大学最开心的时刻。

我的名声逐渐在学校打响，走到哪儿，大家都对我多了几分远远就叫“姐”的敬意。我也不知道这个称呼里掺了多少真假。当然，也免不了有一些找我帮忙的人。

有个学弟找到我，跟我说了最近遇到的一件难事：他打算在学校开首家校园话剧院，设备器材已经租好了，要跟校方申请一间500人左右的大教室，方案提交上去，却被领导叫停了。

“学校领导就是这样，怕麻烦。我这话剧院也算是全国高校第一家，开创先河啊！”学弟满是怨念。

我抓住“全国”“先河”几个词思考了好一会儿，决定报道。

第二天，我以学生记者的身份去领导办公室做采访。领导拍着桌子训了我一通：“学生的职责是去学习，他想创业我不阻止，但我们只鼓励用自己的专业知识去创造价值的，他这个商业性太强，还要占用学校资源，绝对不行！”

我被领导臭骂了一顿，灰溜溜地走出了办公室。不过我已经要到了新闻素材，很快把新闻稿写好，主动联系了当地日报的记者，把稿子给了他。

报社记者问我：“稿子要署你的名字吗？写了名字会不会对你不太好？”我没有丝毫犹豫，说：“写。”

有很多事情，在开始就已经注定了，或许报道真相是我的爱好，想借此成名也是我的潜在目的。

第二天稿子见报，100 多家网站主动转载，还有国家级媒体联系我的学弟做后续深度报道。大学生创业的话题在各大论坛、微博引发网友热议。这篇报道也在学校引起了轩然大波，宣传部老大请我到办公室喝茶，意思是以后这种稿子少发，不然连毕业证都难拿。

我还沉浸在一炮而红的胜利喜悦中，根本听不进这些话。

晚上学弟打电话给我："大记者，多谢你啊！因为你的报道，有很多商家联系我要合作！你太牛了呀！我就知道的！既然学校不让搞，我就让别人帮我，可能利用了你，但我知道你不会介意的。"

我挂了电话，可笑至极。第一次觉得自己这支写新闻的笔，用不好了也可能是把玩火自焚的刀子。

后来学弟的剧院没开成，这个项目搁浅了。没过多久，他又琢磨了新的项目，找我报道，我推托道："最近太忙了，没时间。"

02

因祸得福，因为此事，省里日报的记者让我做报社的通讯员，帮他在外面跑新闻。

不上课的时候，我就到处跑。他做的是教育版，一到周末我就去各种招聘会现场。我不找工作，只是挤在水泄不通的场馆，看一群毕业生胡乱撒下一沓沓简历，然后寻找可报道的信息。

看到可挖掘的新闻点，我就打电话给报社的记者报个选题。要是通过，就上前采访。采访结束，我在附近找个网吧写稿，只要在下午 6 点截稿前交稿就行。

我每天都盼着能有大事发生。我觉得自己像狗一样，嗅觉灵敏，审视着眼前的一切。

有一回在招聘会现场，我碰到省台一档求职类节目正在录制。节目组声称：现场求职者可主动上台自荐，是否录取由台下的企业嘉宾决定。

有个大专毕业的白化病男生，举着牌子站在台上，所有人都被他白白的毛发和过于惨白的脸吸引了，我心想这可能是节目组请来的托儿。

白化病男孩在台上颇显激动，差点哭了，哆哆嗦嗦地说："台上更公开、更公平，所以我上来了。"男孩说他几个月已经找了几百家，被各种借口拒绝。

最终，这个男生当场被一家名企录取。

录制结束后，我上前采访，男生的妈妈也在。面对记者，她有点紧张，不时脸红。我再三求证，才知道男孩父母从农村来省会打工，家里还有一个同样患病读高二的弟弟。他们已经跑了一个月的招聘会，一直受歧视。

"我们每天啃着馒头跑来跑去的，饭都舍不得买。"她眼角有泪，说完偷偷迅速擦了擦。求职这么久，白化病男生也算是被录取了。我觉得有新闻价值，值得写。

第二天，报社在头版刊登了这篇报道，还配上母子俩的照片。这是我新闻生涯的第一篇头版。当天，母子俩打电话给我："谢谢你的报道，这么好心的公司，一定要好好宣传一下。"

我客气地回了她："没事，都是记者该做的。"说完抚摩着刚买回来的报纸头版，扬扬得意。

没过几天，我又接到男孩妈妈的电话：“记者啊，那家公司不要我儿子了！”

我当时在学校食堂吃面，听她一说，立马放下手中的碗筷，飞快地跑回寝室，我说：“阿姨，你慢点说，我都记下。”

原来男孩去公司报到那天，公司又给他加试了一轮，答题无误，操作顺利，但还是被刷了。

“骗子，他们就是骗子，记者，你可要曝光他们！”她在电话里哭了起来。

我觉得愧疚，他们要是骗子的话，那我也算是帮凶了。经过几次核实，确实是企业反悔了。我把几方取证的稿子发给报社，报社反馈：不登！这种负面稿不能登！

我不知怎么办，这种新闻确实不是大新闻。但我自己又能做什么呢？我只是一个学生记者，一个普通的记录者，我什么都不是。

但一想到男孩妈妈在电话里哭哭啼啼的样子，我心里就过意不去。我跟报社记者讲：“新闻不就是客观报道事实真相吗？企业的用意，我之前没有了解全面。”

“你啊，还是太小，别把记者看得太重。世间有那么多的不公平，都来找记者，要警察和法院干吗？”记者安慰我，继续说，“我们只管记录，登不登报，这不是我们能控制的。”

我一直沉默，挂了电话，在阳台坐了很久。后来我辗转联系另一家媒体发出此篇报道。不过这篇新闻也石沉大海，没有惊起任何波澜。但因为做了这件无足轻重的小事，我心里稍微舒坦了点。

此后，我没再接到她的电话。偶尔在QQ空间，看到那个男生发一些我看不懂的文字。我也强忍着没有问男孩现在有没有找到满意的工作。我心虚，事情弄成这样，我也很无奈。

记得那天在招聘会现场采访时，男孩的妈妈说，如果实在找不到工作了，就让儿子在家修电脑。“儿子电脑修得可好了，全班就他每次修得最快最好。”她为儿子感到骄傲。

我也一直忘不了，那个企业招聘官接受我采访时说的：“社会责任感是每个企业不可缺少的部分，对待他这样有能力但有身体缺陷的求职者，我们一视同仁。”

当时他那副正义凛然的样子，恐怕我这辈子都忘不了了。

03

大三暑假，我联系上了一家在全国影响力很强的报社实习。考完大学英语六级的第二天，我就坐上 15 小时的硬座火车过去。

那天，我正坐在办公室看报纸，把我晾在一边好些天的报社记者，对着我，手指一勾：“走！”我就第一次跟着记者老师去现场了。是一桩诈骗案，一家工厂两个月诈骗近百家供应商 3000 万元货款。

供应商堵在这家工厂门口，刚下车他们就拥围过来，七嘴八舌讲个不停。

有个供应商老板拉着我，满脸焦虑地说：“记者，你行行好，帮我们找到他，我已经破产、妻离子散了！”还没说完，我被另一个人拉过去，又是一番哭诉。

我的记者老师不停地跟我说："记下！记下！统统记下！"

临走时，我把电话号码留给其中一人，让他们有什么进展记得联系我。回到报社，我就赶稿，其间我的手机震个不停，收到了二十多个人的短信。

"记者，你好，这次一定要帮帮我！"

"全厂的钱都在那里，你一定要曝光他们！"

"求求你把我们的钱追回来吧，求求你！"

"我孩子马上读大学了，一分钱都没了。"

"你能救我们，我代表所有供应商感谢你！"

"我已经几个月发不出工资了，我熬不下去了。"

"如果追不来那笔钱，我都不知道怎么活下去！"

……

他们是四五十岁的男人，是公司老板，是丈夫，是父亲。虽然不是大企业，但也是有头有脸的人物，竟然用这种口气恳求我。我背负着巨大的压力和莫名其妙的职业荣誉感写完了这篇稿子，第二天发在了版面头条。

可这种事全国各地每天都有，许多稿子发完了以后，也就完了，不会有什么惊人的后续反转。

半个月后，我接到了其中一个供应商的电话："记者，你好，我们发现那个浑蛋跑到江西老家了，我们一群人正在火车上，要去抓他。你能派个记者过来报道一下吗？追不到这笔钱，我老婆都要抱孩子跳楼了！"

我回了一句，说："我尽量。"报社这边是没有然后了。

我在那边实习那段时间，记者带着我跟另外一个实习生，到处喝茶、蹭饭，被人追捧着，然后拿拿通稿。

我去报道一场发布会，签到时主办方给我一个红包，说是“车马费”，我回到报社打开一看，10 张百元大钞躺在里面。我把红包交给记者。记者说：“你们今天辛苦了，一人拿两张去买点冷饮吃吃。”

我有点迟疑，不是在思考能不能拿这笔钱，而是记者为什么要拿钱？我的老师可能是看出了我的疑虑，跟我说：“不拿钱的话，你这篇报道估计也难写。这是按规矩办事。”

我最终提前结束了实习。

供应商们那几年也没放弃追查。其中一个男人偶尔会给我发信息，关于又去哪里抓他了，叮嘱我：“一定要过去报道啊。”

我看着手机屏幕上的短信，思考着这是哪个人发给我的。当天有几十个男人围着我诉苦，这个号码对应的是哪张脸呢？我想不起来。最终我实话实说：“我已经实习结束离开了。”

对方在电话那头失落地哦了一声。

“不过我可以跟报社联系一下。”

“那太好了！”

我能感受对方突然开朗的语气。

意料之中，报社还是无动于衷。后来，我换了手机号，供应商们也没法跟我联系了。

毕业后我没有进入媒体圈。到现在我都不知道，那些人到底有没有追回那笔钱，有没有跟老婆孩子继续好好活下去。

有时候我会想，终究没能为他们做过什么，也不知道他们想起我时，会不会怨恨当时我为什么不争取一下。

偶尔我会突然想起那几年的采访对象，他们当时的问题都解决了吗？有没有过上自己想过的生活？

这些想法总在一瞬间冒出，可能答案我是永远不知道了。

第四章

消逝的青春

We do not even have the loneliness

少女书琴

01

书琴那天早上升国旗时又晕倒了。

她当时就站在我的前面。10 分钟前，我就看到她的身体开始轻微地前后晃动。小镇的 6 月总是让人闷热不安。我想可能是天气太热的缘故，毒辣的太阳照得我难受极了，四周的同学也都在偷偷擦汗。

砰！她扑通一声倒在我脚前的地面上。“书琴！”所有人的目光都因我的叫喊声聚焦过来，周围的同学开始乱成一团。

“都别动！”我们的班主任老霍突然喊道。那个 50 出头的矮胖丧偶老男人，立马冲过来，撸了撸袖子，拨开众人，三两下就把虚弱的书琴背了起来。

老霍在众目睽睽之下，像个英勇的战士一样一脸得意，气喘吁吁地向村里的诊所踱去。我陪在边上，扶着晃悠悠的书琴。

当老霍把她放到病床上时，他总是多看书琴几眼。还是小学六年级的书琴，身高已经一米六，胸部发育得像个成人。

“贫血。”40 来岁的女医生平淡地挤出两个字。这是第几次因贫血晕倒，恐怕书琴自己都记不清了。

02

书琴是我们小学长得最好看的姑娘。才六年级，她就已经一米六了，亭亭玉立。

她的成绩也很好，学期末只拿一张奖状回去，可能会委屈地哭起来。男生喜欢她，女生嫉妒她，男老师偷瞄她。

上帝总是给你打开一扇门，却又关掉一扇窗。书琴永远的噩梦就是她的父亲。在这个苏北小镇，跟很多农村家庭一样，重男轻女的父母对她十分冷淡。

书琴出生后，从来没跟父亲和弟弟同在一个餐桌上吃过饭。在他们家，女人是没有资格跟男人一起上桌吃饭的。只能等着他们吃剩的混着酒味的残渣冷饭。偶尔家里来了客人，书琴姐妹跟母亲，在厨房忙活好后，都得关起门躲到卧室去。

“他们家的女人都是喝稀粥长大的。”书琴一贫血晕倒，班里的女生就学着从长辈那里听来的话，边模仿边打趣。

书琴也不理会，只顾低头做题，有时我能看到眼泪滴在她的作业纸上，但她总是倔强地头也不抬，笔速加快。

03

我跟书琴从小就玩得好。

一是我们两家住得近，是隔着一道墙的邻居。二是我们同龄又同班，每天结伴上下学。

一到周末，我俩就趴在细长的板凳上写作业。我们总是比赛谁的字好看，谁写得快，谁这道题解法好。每当这时，书琴总是乐呵呵笑着，眼睛弯弯好看极了。

我们喜欢在河边看叶子一片片漂远，喜欢爬到屋顶躺在玉米上看蓝天白云，喜欢并排坐在门口看夕阳西下。

“两个小鬼，有毛病啊！”书琴父亲经常这样嘀咕一声，我就灰溜溜跑回家了，书琴满脸无奈，端着小板凳怏怏地回去准备晚饭。

没多久，书琴家里发生了一件震惊全镇的大事。她那 17 岁的姐姐在家上吊自杀了。

“读什么高中啊？读了有什么用？给她找那么好条件的男人都不要！瘸腿怎么啦？你说这小蹄子脑子是不是粥喝多了！”那几日，书琴父亲对着借安慰之名来看热闹的村民喋喋不休，她的母亲在众人面前呼天抢地哭个不停。

书琴没哭，只是好些天都不说话。我很心疼，却不知道如何安慰，那时我还体会不到失亲之痛意味着什么。

某天上学的路上，她突然开口跟我说了句：“我一定要考上最好的中学。到那时，一切就会好了。”看她眼神中透着笃定与决绝，还有一丝我当时不能理解的哀伤，我愣了一下。

04

书琴很争气，考了全镇第一，全县第五。

村里的喇叭连续播了三天，学校门口的大字报鲜红而闪亮。全村人都忘不了她父亲那几月走到哪儿都昂首挺胸春风得意的样子。书琴也很开心，自从她姐姐去世后，我也是第一次看到那笑起来弯弯的眼睛。

可书琴的人生被800元出卖了。

班主任老霍急匆匆跑到书琴家里，希望书琴能报考镇中学，对于书琴这样品学兼优的学生，镇中学给予了800元入学奖励。而老霍也能拿到200元“辛苦费”。

书琴的父亲颤巍巍地接过塞着8张钞票的信封。这是他人生第一次被人重视，他突然觉得整个人轻飘飘的。这笔巨款抵得上他家一年的收入，够他吃半年的肉一年的酒了。

我的父亲带我去县城中学报名那天，书琴坐在家门口的小板凳上眼泪汪汪地看着我。我心揪了一下，想上前跟她说话，她突然转头飞快地跑进房间。

以后，书琴总是刻意躲着我。

05

冗长而闷热的暑假很快过去。一切都在无形中消逝。

我跟书琴各自去学校报到，我也是第一次离开生活了13年的土地，第一次到了光鲜亮丽的县城去。没有书琴的陪伴，我就像失了魂的孤鸟。

没学过英语，不会从 A 背到 Z；没玩过电脑，连开机和打开文档都不会。寒酸的我，跟这个县城中学格格不入。特别想念跟书琴躺在屋顶上看蓝天白云的悠闲日子，不知书琴在学校过得如何？

“你回来啦！”

好不容易熬到月假回家，我还没进门，就看到坐在自家门口的书琴，她笑着跟我打招呼，还是那么好看弯弯的眼睛。我心情一下子变好了。

“你在写作业啊！”看到铺在长凳上的书本，我马上大声回了句，想通过高音量表达喜悦。

我们有了聊不完的话。书琴好像过得很好，依然那么上进。她很快适应了新环境，当上了班长，每门功课都很优秀，同学也很喜欢她。这次见她，明显比暑假时开朗多了。

她说：“我要努力考个好高中。等上了大学，一切就好了。”

她还是她。

06

我跟书琴说好，我们每月都要给对方写信。

虽然一个月能见上一次，但似乎有很多话要迫不及待跟对方分享。那时候的很多小心思，全部写在那些满是褶皱的纸张上，随着岁月慢慢泛黄、模糊、消逝。

“这次月考又得了第一，不过有道题不该错啊！”

“新来的数学老师很严，我们都不太喜欢他。”

“运动会我跑了 800 米，不过得了倒数第一，哈哈。”

“我爸又喝酒了，还打了我妈，那天我哭了很久，我很伤心。”

“你别担心，英语多花点时间练习，慢慢就好了。”

每次读书琴的信，是我在学校最开心的时刻。我们就这样一直断断续续地联系着。

可到了初三，书琴的信件越来越少，篇幅越来越短，到最后不给我写信了。我很恐慌。

“书琴那鬼丫头在学校谈恋爱了，班主任还找到家里。唉，这孩子怎么变成这样，丢死人了。他老子气得把她脸打肿了。我跟你讲啊，你好不容易考上县中，要好好学习，听到没有？”

几个月后，我的母亲无意中跟我说着这些。说完盯着我，等待我的回答。我的脑袋都要炸了，不敢相信这一切。

我满是疑惑，把书包一扔就跑过去找书琴。他的父亲坐在院子里，抽着一根卷烟，烟雾缭绕，怡然自得，不耐烦地指向一边，说：“那小蹄子下地干活了。”

我汗津津地跑到她家地头，辽阔的田野上，风吹着庄稼，零星有几人低头忙活，我大声叫着：“书琴！”

书琴好像看到了我，立在那里好一会儿，最终还是走过来了。

“你怎么来了？”书琴说话时，眼神有点躲避，脸上还有瘀青，她的表情让我猜不出她的心情。

她长高了，穿着蓝色破旧的大褂，戴着手套，手臂上套着两个袖套。但那张清秀的脸蛋还是那么好看。

我不知道怎么接话，站在那边很久。

“我去忙了。”她说完，挥动着手里闪闪发光的镰刀，转过头割起了庄稼，闪耀的刀光刺痛我的眼，我红着眼眶走了回去。

07

书琴再也不跟我联系了。

我常常觉得恍惚，为什么她会突然变成这样，为什么我们突然变成这样。没有书琴信件的日子，我只能努力学习，打发这磨人又寂寞的学生生活。

中考前一个月，我收到书琴的最后一封信：我没有谈恋爱，是同学诬陷我，老师也不相信我。我不会考高中了，我知道我考不上。你是知道的，就算考上了，我爸也不会让我去。我很羡慕你，你要加油。

我看到信纸上有水迹弄湿过的印记，突然哭了起来。过了好一会儿，我擦了擦眼泪，收起这封信，继续低头做题。

那一年，我考上了市里最好的高中。

那一年，书琴没能毕业就辍学了。

她开始去深圳打工，在流水线上消耗着青春。

每年春节，我能见上她一次。那么冷的天，她穿着所有工厂打工妹都会穿的艳俗土气的短裙，腿上的黑色丝袜破了几个小洞，脚上套着一双及膝的皮靴，头发染成了不怎么顺眼的黄色。但还是很漂亮，路上的男人都在盯着她看。

我们站在镇街心，不知所措。她先冲我笑，我好像不认识她了。

这不是我最熟悉的笑脸。我心痛，笑不起来。

身后一个瘦高的男生突然过来搂着她，她有点不好意思，红着脸又冲我笑了笑，说：“这是我对象，不要告诉我爸妈。”说完更加害羞，眼神躲躲闪闪。

可能是天气太冷，男生的嘴唇青得发紫，手里夹着根烟头，露着两颗大黄牙，斜着看了我一眼。我看着眼前的一对，点了点头，立马骑上自行车，往家里跑去。

08

我高二时，书琴的对象犯事入了狱，而她几个月前正好怀孕了。

他父亲跑到千里之外的深圳，把她抓了回来，第二天绑着她，坐在男生家里，拍着桌子咒骂着，要男方父母给个交代。

“那小丫头人小鬼大，竟然瞒着家人在深圳跟那男的同居。”

“就是，这下好了，肚子搞大了，人又进去了，谁敢娶她？”

“看不出来啊，这丫头还挺那啥的，以前成绩不挺好的吗？”

村里人议论纷纷。

我走过她家门口，看到她微隆的肚子和哭肿的眼睛，走上前去，想安慰她。书琴抬头看我，泪光在她眼眶打转，她张了张嘴，欲言又止，最后还是说了句：“你放假啦，在学校还好吗？”

在学校还好吗？不知为何，听到这句，我呜的一声哭了出来。书琴愣了一下，马上过来拍着我的肩膀，说：“是他晚上偷进我房间里来的。没事的，没事的，一切都会好起来的。”说完她哭得比我还厉害。

后来，书琴挺着大肚子，嫁给了入狱的丈夫。

书琴父亲对于 2 万元彩礼钱非常满意，没过几天，就把书琴送到婆家待产了。听说，书琴的女儿一周岁时，才见到刚出狱的父亲。

09

书琴生第三个孩子那年，我考上了武汉的大学。

书琴后来在镇上摆了个凉粉摊，每天在街头叫卖。

偶尔我假期回家能从村民的议论中听到一些关于她的消息：丈夫整日游手好闲，出轨，打架，再次入狱。

书琴一人抚养 3 个孩子，还要养着 2 个老人。

书琴跟各种男人厮混。

“她可真会来事啊！”

“那是人家长得好看。”

“嘿嘿，真有她的。”

我听着这些，五味杂陈，只能沉默。

直到大四快毕业那年，我带着男友回来过年。到了镇上，拥挤的街道，我一眼就看到了那家生意最惨淡的凉粉摊，只是差点没认出她来。

摊前站着一个肥胖的女人，皮肤黑黑的，是那种常年在田地里干活才有的肤色，看上去像三十多岁。她围着油腻腻的围裙，两手拌着盆里的面团，拿出来时习惯性地在脏兮兮的衣服上擦拭了一下。

旁边一个矮瘦女孩在帮她洗碗，长得跟她很像。

书琴抬头看我，身子定了定，眼神里是我从未见过的空洞、贫乏。她刚想上前开口说话，被一个前来买凉粉的中年男子打断。

男人用色眯眯的眼睛打量她，盯着她的胸，看直了眼睛。书琴随即用手捶着男人的胸口，做撒娇状，然后他们暧昧地笑着。

我像被电击了一下，忽然想到那年书琴晕倒在升旗仪式上，班主任老霍盯着她胸口的场景。

“你认识她？”男友推了推我问。

是啊，我认识。我多想跟他说，她是我们村最好的书琴。

可我没有。我把目光收了回来，看着眼前疑惑的男友，平静地摇了摇头，挽着他往家里走去。

傍晚的冷风吹着发烫的脸颊，我突然特别想念跟书琴在院子里做作业、在屋顶上看蓝天白云的日子。

书琴，这么多年过去了，不知道你的日子有没有好起来。

我走得很快，一次都没敢回头。

We do not even have the loneliness

只是暗恋

去看了《我的少女时代》，不得不再次感叹，台湾校园片拍得清新自然让人心头一暖。老土到丧心病狂，感动到一塌糊涂。旁边一个阿姨边看边哭，我看着难受，也跟着哭起来。我既羡慕平凡路人女主林真心能同时被校霸徐太宇和校草欧阳追求，又不禁伤感起自己毫无声息的少女时代。

每一场暗恋都是相似的，可结局却各有各的不同。

那时最爱升国旗和课间操，从下楼梯那刻起，总能在第一时间找到他。他还是漫不经心地做着不标准不费力的动作，一脸不耐烦，腿也伸不直，腰也抬不起，糊弄糊弄就想快点结束。我最爱每一节的转身动作，可以明目张胆、理直气壮地看向他的后背。总期待偶尔有那么一次，他那双世上最好看的眼睛，也能看上我一眼。

喜欢看他打篮球。每周三下午，他都在西区球场。我会躲在一群少女后面跟着偷偷叫喊。我根本看不懂什么三分球、两分球、前锋、后卫、盖帽，我只想看他。他的红色球服还是那么耀眼，他的投篮动作还是能引来女生的尖叫，他奔跑的身影还是会一次次出现在我每晚的梦里。

想摸一摸他放在球场座位席上的外套，可我不敢；想在中场休息时给他递上一瓶矿泉水，可我不敢；想在他突然摔倒时像英勇帅气的电影女主角一样冲上去陪他，可我，还是不敢。

为了多看一眼他，我可以每节课间跑去上厕所。走过他的窗前，总是能第一眼扫到他的位子，他不是趴在桌上睡觉，就是在做题，有时候会跟前后座几个讨厌的小女生嘻嘻哈哈讲笑话。能够多看他一眼、多看他一秒，我都能开心一上午。要是他也扫我一下，我可能会脸红一整晚，失着眠给自己安排几十种玛丽苏剧情。

偶尔他会站在走廊上看向远方。我或低头飞快跑开，或跟身边女生大声说笑。他白色的衬衫还是那样干净迷人，他那让人捉摸不透的侧脸时而阳光时而忧郁，世上怎会有这么好看的脸呢！跟他靠近时，除了眼睛，我全身都在打量他。

有女生给他送情书，是时候好好侦查一番。如果女生长得漂亮，就多了一个敌人；如果女生跟我一样，也就无所谓了。稍微有点感情绯闻，比如有人传出他喜欢某某或某某喜欢他，我就像失了魂的怨女，整日盯着他周围的女生。每一个神经，都被他牵动。

听他喜欢的歌，从 BOBO 的《光荣》、吴克群的《为你写诗》到周杰伦的《青花瓷》。把这些歌的歌词抄了厚厚一笔记本，比我整理的数理化笔记还要认真。还会在歌词本画上各种小图案，期待有一天他能借去看。去广播台央求站长播他喜欢的歌，看着他在课间跟着广播轻声和，我感觉自己灰暗的人生开出了明媚的花。

茨威格讲得对，喜欢一个人的时候，始终会为他紧张、为他颤抖，可是他对此毫无感觉。他从来都没有认出过我，他从我身边走过像是从一条河边走过，他踩在我身上如同踩着一块石头，他总是走啊，不停地走啊，却让我在等待中消磨掉整个青春。

为了引起他的注意，我会努力把名次考到最前面。他当然不会知道，每次他在我面前说："哎呀，这次又是第一，厉害啊！"我多想多想告诉他："都是因为你啊！"为了引起他的注意，我会报名参加运动会，因为他也会参加。虽然终点没有他，虽然最后会跑到差点断气，但我知道他就在那个角落，我一圈圈坚持下来就是为了能经过他，听到他那一声又一声哪怕是礼貌性的"加油"。

我这平凡无聊的青春也有了狗血的转折，突然收到了他递来的小纸条："嘿，歌词本借我看下？"简短的几个字把我整个青春都照亮了。我鼓足勇气给他回了封长长的信，为了显示我的文学造诣，抄了肉麻的歌词、泰戈尔的诗和连我都看不太懂的英文。趁着教室空无一人，将纸条和歌词本偷偷塞到他的抽屉里。

我不知道那个紧张不安到快要窒息的下午是如何熬过来的。晚自习他经过我的位子，我都不敢抬头，不敢说话，连呼吸都不敢用力。下课后他把歌词本递给我就走开了。我脸红心跳悄悄打开，然而什么都没有。

后来一个月我每天翻看歌词本几十次，总奢望能找到什么蛛丝马迹，然而还是什么都没有！伤得我强迫自己 3 个月不去看他，我那不可一世的热情和自尊就在自己跟自己赌气中慢慢耗尽。后来，我又喜欢上了别的男生……

每一个我喜欢过的人，身上都自带光环。我总可以最快地在人群中找到他的位置，找到他在哪里。仿佛他在哪里，光就在哪里。

我喜欢过爱穿白衬衫、弹得一手好吉他的学霸校草欧阳，也喜欢过球打得行云流水、架打得惊天动地的学渣校霸徐太宇。可他们都不喜欢我，甚至不认识我。我是林真心，土肥丑无人问津的平凡少女。我不是林真心，我的青春没有配合电影剧情发展，既没给我配上两个校园风云帅哥，也没给我林真心的勇气和运气。

我爱的男生们都会不约而同地喜欢校花陶敏敏。在做操时他们偷瞄的是陶敏敏，在打球摔倒时冲上前去关心他们的是陶敏敏，在运动会他们站在终点敞开怀抱迎接的是陶敏敏。而我，没有向前的勇气，哪儿来的被爱的运气。

多年以后当我在影院一边哭一边羡慕别人的少女时代时，我那经常打架逃课、翻墙通宵上网的徐太宇，已经结婚生子开始晒娃，还每天群发鸡汤测试别人删没删他；我那爱穿白衬衫爱听周杰伦歌的欧阳，已经不知道跑到哪里做着什么工作过着什么生活；我那让人羡慕了整个青春的校花陶敏敏，早已为人妻，在朋友圈做起了代购，卖起了保险，晒起了大浓妆，也有运气好的做了一个让人羡慕的白富美。

而我，也一直在用力过好自己的生活，认识不同的人，每天做着相同的事。后来我才承认，青春里的那些人，其实并不认识我。偶尔我怀念的，不知道是他们，还是那个平凡又无助的青春时代。是啊，多么可惜，都没能来得及对我的青春说一句“我喜欢你”，也没能有机会说上一句“好久不见”。

电影落幕后，我偷偷擦了擦眼泪，牵着男友的手走出影院，想着今晚吃什么好呢。

We do not even have the loneliness

再见初恋

你离开家乡，来上海打工。傍晚，我在公司附近的商厦见到了你。高考一别，已过 6 年，我还是能在人群中，第一眼就认出你。

你坐在路边座椅上，手里拿着别人强塞给你的地铁宣传单，旁若无人地盯着地面。有那么一瞬间，我觉得你还是当年那个 18 岁的男孩。

那时你就是这样，经常坐在学校操场边，不知你在看什么想什么。我隔着老远偷看你，站在离你很远的教室走廊处。胆子大一些的时候也会脸红心跳地上前，假装从你眼前经过。

就在今天中午，你突然在微信上约我见面，说以后要来上海讨生活了。当时我坐在办公室，嘴里塞着外卖，盯着手机屏幕，一时间不知该回什么。

有很多年不联系了，一年几次的“过节好”，是我们之间唯一的问候。我也确实在过去的几年里，没有经常想起你。

对着办公桌上的小圆镜子，我看着自己邋遢又肥胖的脸，头发3天没洗了，因为昨晚熬夜，黑眼圈也比较重，而且早上穿着凉拖鞋就来公司了。那一刻我突然嫌弃起自己的生活状态。

我也必须承认，我还是害怕见到你。就像当年，害怕你知道我这卑微又无望的心意，害怕你看出我一点点的不好而讨厌我。面对喜欢的人，我总是自卑的，一直如此。

我还是拿起手机，回了你“好的”。我向同事借来口红和BB霜，往脸上嘴上涂抹着，仿佛多涂抹一点，落魄与不堪就少一分。

吃饭的地方离我1500米，我提前半小时下了班。每走过一个店家的玻璃门窗处，我就在里面看看自己好不好看。在路上，我一直在心里练习着时隔6年的第一面，该以何种姿态跟你打招呼。站在你面前的第一眼，跟你说的第一句话，我该说“你好”还是“你好啊”。

看到你的时候，你一个人坐在路边。身后是来来往往的车辆，晚上6点的上海，是最拥挤的时刻。行人在你边上走来走去，大家三五成群，急匆匆往前赶。只有你是孤独的、静止的，像是永远停留在那个青葱的高中年代。

我走到你边上，还没开口说话，你抬起头来就看见我。我们四目相对，忘了问候一声“好久不见”。你只管笑着，我也跟着笑了起来。在刚分别的那一两年，我也曾经幻想过这个场景，可绝对没想到会以这种方式实现着。

“等很久了吧？”

我终究还是说了这句无关痛痒的话。

“没有，刚到的！”

你说话的声音和表情也一直没变。

我们等电梯上楼，站在一起也是无话。我用余光看你，你似乎比以前更高了些，只是身子还是那么瘦。岁月是优待你的，它不曾在你脸上驻足，你这张跟6年前几乎一样的脸，仿佛在昭示着作为女人的我被时间无情地打败。

入座后，点好了菜，等着。你坐在我对面，灯光下，我看着一桌之隔的你。如果回到以前，那时的我是怎么也不会想到，多年以后，我还能在一个距离高中几千里的陌生城市，跟你单独坐在一起。

高一认识了你，开始喜欢你。你占据了我整个高中时代，只是你都不知道。在这场长达3年的暗恋里，只有我一个人无声无息在消化着你带给我的各种悲欢喜乐。

我知道你通常几点进教室，也晓得你喜欢喝的牛奶牌子。听着你喜欢的歌，嫉妒着你喜欢的女生。慢慢麻木到好像喜欢你，只是一种习惯而已。

我看着眼前的这个你，反问自己当年喜欢你哪里。我早就忘了最初的那种情愫从何而生，喜欢一个人是一定要有理由的，只是这种理由有时候连我自己也讲不清道不明。是因为你长相清秀？眼睛好看？全校跑得最快？还是因为我偷偷回头时，你也多看了我一眼？我都不确定。

此时你坐在我面前，如果不是因为认识你，你对我的意义，可能就是路上随便一个擦肩而过的男人，我并不会为了他多思考人生一会儿。

“怎么想来上海的？”我开口打破这种平静。

“家里没法待呀，之前自己做事，赚不到钱，就出来看看。”

“哈哈，大学毕业后，你都在忙什么呢？”

“我在家做点生意，后来不赚钱，就关了。”

“好可惜，真没想到啊。”

“哈哈哈！”

你笑着，跟我诉说着毕业后的遭遇。我没想到你会留在老家生活，做着我完全想不到的工作。我也才发现，其实我对你的生活和理想，根本一无所知。你是一个躺在我过去记忆里的人，那个单纯朴实的过去，只会为了每次月考分数踌躇着，不像现在这样现实又无趣。

你跟我说，你为了送货，可以通宵驾驶，赶在开门前把货物送到客户店里。你缺少资金，让家里的亲戚一起投钱进去，后来赔了，你一人偿还了所有债务，卖了车，第二天就出来打工了。

我问：“你以后有什么打算？”

你说：“先找份销售的工作。”

“销售也好，最好找那种提供住宿的地方，上海租房太贵了。”

“嗯，昨天面试了两家，一个房产中介，一个是卖家具的。”

“那你为什么会选上海呢？”

这是我今天第二次问你这个问题，我不知道为什么会执着于你的答案。其实我心里是抱有希望的吧，我希望你来上海，至少是因为我在这里。虽然你为不为我来，都无关紧要了。但我还是有期待的，就像当年我期待你偶尔能看我一眼。

那时候喜欢你的女孩子可真是多啊，每个女孩都比我好看。我看你偷偷跟隔壁班的姑娘谈恋爱，躲在你看不到的地方，哭了很久。

我永远记得那个晚自习，我一个人坐在冰冷的操场，天黑黑的，根本看不到什么。空无一人的场地，也不能放声哭。你们手牵手并排走的场面一直在我脑海里闪现着，如果我长得再好看点，如果我穿得再洋气点，如果我平时主动跟你多说几句话，或许被你牵着的女孩就是我了。为什么？为什么你不等等，不等我变得更好更美更勇敢呢？

假设的事情，都是没意义的。

“反正都要赚钱，那我就来中国最有钱的城市。”

你回答以后，端起杯子喝了一口酒。我的臆想被粉碎，内心是失落的，但也伪装得若无其事，夹了一口菜。

“你女朋友呢？”我终究还是问了你。

你看了我一眼，我吓得立马低下头，装作吃饭，这种感觉就跟当年因为多看了你一会儿，害怕被你拆穿了心事一样，目光赶紧闪躲。

“早分了。”你说得很平静，我听不出任何情绪。

我没有继续追问，自顾自地吃着饭。我不知道你说的是高中还是大学时的女友，对于你的大学生活，我也是一无所知。高中毕业后，我没有刻意打听过你，也就没有再见过你。可能我在你的高中，就是一个“不错的同班女同学”，仅此而已。

你在我面前坐着，这是我认识你 9 年来，离你最近的时刻。我也是第一次真正近距离认识你。

你用刀叉切割着刚上来的牛排，动作生疏得像是第一次吃，其实我从第一眼见你的时候就该发现，你不适应这种环境。从一进来，你吃饭的时候就是紧张的，露着怯。

你一直在讲着我并不感兴趣的生意经，讲得琐碎又无趣。你说你打算第一年赚 3 万元，第二年赚 8 万元，第三年赚 20 万元。我坐着听你的宏图大志，也不插话，只管点头。

服务员上菜，碰倒了你杯子里的水，弄湿了你的蓝色西装，你有点生气，但不好意思在我面前发作，只是说了句：“这衣服还挺贵的。”我这才发现你这身衣服夸张又老土。

我不清楚你本来就是这样，还是慢慢变成这样的。可能那几年，我把最美好的想象都强加在你一人身上。你有着世间少年最美好的品性，你是温柔善良的、成熟稳重的。我甚至在想，如果当年我知道你是现在这样的男子，肯定不会痴迷成那般自作多情的惨样。

“那你为什么会想起联系我呢？”问出这句话，我就后悔了。高中同学，在上海的，也就我一个。来见老同学，不找我找谁呢？

“来看看你。”你云淡风轻地说出这句话，我听不出有什么特别的含义。我应该感到庆幸，自己喜欢了那么多年的男生，多年以后还是记得我的、认识我的，也是愿意来关心我的。这已经是最好的结局了，不是吗？

饭后，我抢着买了单，你一直在怨我。我说没事的，下次你请。吃完出来，已是 9 点。路上行人匆匆，这个城市都是人，到处是，永远是。我问你这几天住哪里？你说最近借宿在一个朋友那儿。

我们走在路上，不说话。我不会想到相识的第九年，我们会在这个意外的夜晚，一起走在上海的街头。在高中时，这种画面就只能是梦了。

跟你重逢在上海是意外，你变成了我不熟知的大人也是意外。

你给我留了刚办理的电话号码，让我有事联系你。我看着那一串陌生数字，想到当年为了给你偷发几条信息，瞒着家人，攒了几个月的生活费，买了一个小灵通。我总是发给你节日祝福和天冷加衣的短信，你不知道那是我，这让我大胆地坚持了两年半。

后来你恋爱了，我删了你的号码，可我总是忘不掉，那几个讨厌的数字像是镶嵌入我的骨髓一样。以后相当长一段时间内，我都记着。那时我觉得这行数字这辈子都会跟随着我。

走了好一会儿，到了路口。临走时，你跟我说了“再见”，然后转身往地铁口走去。我一直站在原地，看着你的背影走远。你过了马路，回过头来对我挥了挥手。你站在一棵树旁，黄色的暖光打在你瘦弱单薄的身上，我突然湿了眼眶。

你看着还像当年那个坐在操场上的意气风发的少年，可我明白其实你已经不是了。我也知道自己不再是那个只会躲在黑夜的操场，独自闷头哭泣的小女孩了。

对不起啊，我不能跟你说“再见”了，以后我也应该不会再见你了。

我早就忘了你当年的电话号码，这个新号码我也没有保存。我想我们的缘分，在高中一结束的时候，就已经终止了。

长大后与过往的每一次重逢，都像是一场提前演习的葬礼。

只是这次，是我送你。

We do not even have the loneliness

排挤吴丽丽

01

吴丽丽在我们高中小有名气，她的出名不是因为成绩好到让全校膜拜，也不是打架逃课谈恋爱的问题少女，她出名只是归功于她的“穷”。学校里的穷学生多得是，但吴丽丽由“穷苦”延伸出的“胖”“脏”“粗俗”，却让人过目不忘。

她从走廊那头走过来，隔着老远，你不用细看就知道是她。矮胖的身材，外八字的两腿，使得身体在走路时总是晃悠。她有时嘴里哼着无人听懂的小曲，有时手里拿着一袋辣条旁若无人地啃着。

她的马尾辫一年到头油光发亮，一个月也难得洗一次澡，近了能闻到她身上难闻的异味。至于她的衣服，四季也就那几件，扳着手指能数过来，暗淡、破旧，还有点脏。她一开口说话，总是大张旗鼓煞有介事的架势："啊！这个我知道！我跟你说啊！"

在所有女生都抢着打扮自己的年纪，吴丽丽无疑是另类的，是被排斥在主流圈子的。每到课间，一群女生围在一起讨论当下最热的偶像剧和哪条裙子最好看时，她总是站在一边听着，偶尔插几句话，大家抬起头看了她几眼，不理她，继续刚才的话题，任她在人群外站着。

吴丽丽却跟什么都没发生似的，继续听着、说着。不知是她宽容大度，还是确实没看出来大家不喜欢她。每次她一脸天真的样子，人家又觉得这人应该是个好人，只是没什么脑子。

02

就是这样一个复杂的人，当了我高中三年的上铺。睡在我上铺的吴丽丽，第一天走进我们寝室时，是一个人来的，还拎着三大包行李。当麻布袋一放进屋内，地面就被占满了。她把一个麻布袋里的被子、枕头、水壶、背包、衣服拿出来，里面就空了。

我问："这两包是什么？"粗麻布做的袋子质量不好，有些地方已经开始掉线，掉到寝室刚扫过的地面，阳台的风一吹，麻线就飞起来了。

她警觉地看了眼门外，又伸手摸着那两袋未拆的大包，笑呵呵地说了句："袜子，我妈让我带到学校来卖一点。"

以后逢人，她就拉着别人的手，问一句："同学，你最近要买袜子吗？"被她"逮"着的女生也不好意思当场拒绝，总是慢慢推开她的胳膊，客气地回她："暂时不缺，缺了再去找你。"这样下去，一个月她也卖不出两双袜子，还得罪了寝室内外的同学。

12 个人的集体寝室，有一半人当场跟她红过脸。她拉完屎没有冲洗便池，洗完头发掉了一地没有收拾，用了香皂不还说是忘记了，身上总有一股异味。到后来连讨厌都不缺理由了，她一进寝室仿佛空气都凝固了，她嚼着方便面的声音也太大了，她吃的辣条有异味，她不该这么胖，她更不该这么存在于这个寝室。她一坐一站一动，甚至一出现，都是错的。

吴丽丽却不在乎，还是吹嘘着自己的袜子多么便宜多么好。有一回，寝室只剩下我和她，我看着她把卖不出去的两袋袜子往外面拖。

我说："你这是干吗？"

她一边擦着汗，一边拖着袋子说："我要拿到夜市上卖。"

"就这样拖过去？"我看着满满两袋，一个女生拎这么多，不可思议。

"嗯，我慢慢弄，没事的。"她提了提裤腰带，继续干着。

我于心不忍，跟她说："你等等，我送你过去。"

她突然眉开眼笑，比刚才更真诚。

县城东大街有个夜市，什么东西都卖，每晚 6 点以后就热闹起来，离学校也很近。吴丽丽在夜市旁边停下，5 点不到，她把袜子都拿出来摆上了。

"能卖得完吗？一下子弄这么多。"

"卖得了！卖得了！"她露出自信的表情。

"前几天晚自习我逃课出来看过，我知道别家的价格，到时候卖得比他们便宜就好。"她还真来做过调查，也不怕被老师发现离校出走。

“你为什么降价这么多处理这批货？放在寝室慢慢搞吧。”

“我是不急，我妈急啊。她要生孩子了，我得赚点钱。”

“生孩子，你都快 20 岁了，你妈妈还生？”

“马上出生的这个是第六个，全是女孩。”

她说完，还伸出手指头，做了个数字手势，生怕我没听清。

“我妈现在也是管不了我了，我只能靠自己赚点生活费。”

我不知道怎么安慰，但也不好意思就此回学校去，就陪她留下来卖袜子。她的袜子质量很好，各种颜色款式都有，很快被抢购一空。

回去的路上她把皱皱巴巴的纸币硬币来来回回数了好几遍：“这下两个月生活费有着落了。”这两个月是有了，两个月后呢？下学期呢？我把我的疑问告诉她，她很自然地回我：“再说吧，估计我会去做做兼职，赚点小钱吧。”说完，她又低下头摸起袋子里的零钱。

我们回到学校已是夜里 10 点，到寝室敲门，敲了好几次都没人开。这会儿正是宿管老师检查寝室的时候。吴丽丽手里拿着两个空的大麻布袋，我身上又背着一个包。我们继续敲门，没人应，眼看着老师要提着手电筒过来了。

吴丽丽突然抢过我的包，让我赶紧放进她的麻布袋里。我说：“你这是干吗呀？”她一边把我的包装进袋子里，一边说：“别看了，快躲进厕所里蹲着。”

我们学校有个怪规定，老师查寝时，所有人必须洗漱完毕躺在床上，连厕所都不能有人。

“别担心，就说你拉肚子了。”说完她还推着我，直到把我推到楼层的厕所门口。

我躲在里面，听到两个老师训斥她的声音，我应该冲出来跟老师解释的，她家确实是因为条件不好，才出去卖袜子的，这么晚回来的。可我太胆小了，躲在厕所，被恶臭熏着，熏得眼泪就要掉下来。

03

后来她被记过处分一次，在全校师生大会上通报批评。我寝室的同学跟我说："你还是离她远点吧。她只会惹祸，跟着她一起没有好下场的咧。"另一个同学也接过话说："你发现我们最近都没怎么跟你说话吗？再这样下去，你会被大家一起排挤的。"

室友对我好言相劝，我不知如何作答，虽然我也经常嫌弃她：她每次上床下床，都要用臭烘烘的脚踩在我干净整洁的被子上。每次坐在我床上，她的屁股都动来动去，把我的被子和床单都弄皱了。而且她晚上常常翻来覆去还说梦话，我被她吵得睡不着。但这些都是小事，我也没放在心上。

那会儿学业比较重，我慢慢把心思都放在学习上，也就不自觉中疏远了她。说疏远也是严重了，日常的沟通还是有的。吴丽丽依然我行我素，一到课间就跑到教学楼下的小卖铺买零食吃，平时去食堂倒不见她冲动。

为了节省在食堂排队的时间，高中 3 年，学生们都会两两搭伙吃饭。一个负责占座、打汤、盛稀饭，一个负责冲刺、排队、买菜。吴丽丽吃得多，人也不大爱干净。我以为大家嫌弃她，她苦心找不到伙伴，几乎很少在食堂见她的身影。

有一回我没吃中饭，提前回了教室，看到她一个人在那边啃辣条。她看到我进来了，赶紧把手里的辣条放到桌上，随即用手抹了嘴角。我说：“你怎么就爱吃这种东西？又浪费钱又不健康，怎么不去食堂吃点饭？”

说完我发觉自己态度太强硬了，像在多管闲事，我说：“你还是要顾及下自己的身体啊！”

她总算抬头看了我，说：“没事啦！我不喜欢去食堂吃饭，干脆面、辣条和鸡爪这些东西都很好吃的。我在家吃不到的。”

她又抹了抹嘴。我突然不知道该怎么接话，回了句无关痛痒的话：“那你记得多喝点开水，不然肚子不舒服。”

说到肚子不舒服，我又想到卖袜子那晚，她让我佯装拉肚子推我进厕所躲过一劫的事，愧疚之感油然而生，我在教室待不下去了，就走出去。

04

吴丽丽还是一个人，一直一个人。因为矮，她坐在第一排，没有同桌。她的座位靠近饮水机，每次水一喝完，好事的男生就拍着她的桌子，鼓动她：“丽丽，该换水了！”

吴丽丽二话不说，赶紧站起来，扯着嗓门喊：“跟你说，这种事我最在行！”她三两下就把桶上的盖子撕下来，一手扶着桶盖处，一手端起桶底，“一二三”，她自己喊着，旁边的男生也喊着为她助力。几秒工夫，水就放上去了。男生都给她鼓掌，夸她力气大。

她也扬扬得意，更加起劲："这算什么啊，我在家干农活，一口气能扛起一口袋粮食，一百多斤的那种啊！"

男生齐齐发出"哇""厉害""猛"的称赞。

吴丽丽继续炫耀："就你那小身板，我一拎就起来了！"

伴着男生阴阳怪气的起哄声，她一脸得意地走回座位上，像是打了胜仗凯旋的斗士。不，是男生嘴里说的"大力士"。

因为她的"特立独行"，学校里几乎所有人都认识她。每次开运动会那几天，她都是被人关注的焦点。她力气大，被安排扔铅球。只要她往场地上一站，大家起哄的声音就响起来，此起彼伏。

"吴丽丽，吴丽丽，加油！"

"吴丽丽，吴丽丽，你最胖（棒）！"

"吴丽丽，吴丽丽，你是我们的骄傲！"

吴丽丽一听到大家的欢呼声，就捂着嘴笑，高兴了还要蹦跶起来。她虽有力气，却使不对方向，没扔多远。

运动会最难的项目是长跑。女生对于这种项目一向是敬而远之。只有吴丽丽自告奋勇要参加。她的体力不是很好的那种，加上身体矮胖，没有天生的优势，她也不爱运动。能报名参加每季女子长跑，确实给我们班女生排忧解难了一把。

那次我负责班级后勤工作，她刚跑完，一下子坐在地上，倚在栏杆处，大口喘气，脸色惨白。我端着一杯水走过去递给她。我说："丽丽，你不喜欢跑，下次就拒绝吧。"

她咕噜咕噜两口把水喝下肚，有气无力地说："我也不想啊，只是多报一个项目，就可以多领一份运动员补贴，还送我面包和饮料呢。"

我听完心里很不是滋味，是的，我们学校所有参赛的运动员，都可以获得 20 元现金奖励，但大家都不为所动，只有丽丽当了真。

我看她呆坐在那里，额头上刘海的汗液遮住了眼睛，她那会儿像是被主人遗弃在路边的流浪猫狗，肥的那种。

05

这后来，吴丽丽惹上事了。

班里有几个常年不学无术的富二代，打架、逃课、谈恋爱、校园暴力、搞小集体，几乎所有被禁止的事他们都干了。我们见到他们几人，卑躬屈膝，不敢抬头。

当时他们一直欺负班里一个成绩好的男生，叫李强。李强是那种只知道低头做题目、抬头看黑板的人。两耳不闻班里事，一心只读圣贤书。高高大大的，斯文礼貌，每次月考，他都能挤进前三，因此有点傲，谁也不放在眼里。

每次走到富二代面前，他也当没看见一样，头昂得高高的。富二代怒了，在某个晚自习后，把李强给堵了。

第二天，李强没有来上课，吴丽丽也消失了。

一直到下午，吴丽丽才出现，她说她在教务处待了一上午。我们问到底发生了什么。班里的富二代直接走到她面前，提高嗓门："吴丽丽厉害了，以前有英雄救美，现在这话怎么讲来着，叫'丑女救弱男'。"这时上课铃声响起，话讲了一半，大家各自散去。

我从别人那里知道了事情的原委。那晚富二代几个人把李强拖到墙角，暴打一顿，被吴丽丽撞见了。吴丽丽跑回去喊来保安。后来我问起这个事情，她也不愿意跟我聊。至于李强，一周后回来上课，他躲着富二代，也躲着吴丽丽。

在富二代的强大压力下，我们都刻意避开李强和吴丽丽。如果说高三的教室气氛是让人窒息的，那我们班就是随时都能爆炸的。每个人为了完成自己的目标，只关心自己，吴丽丽完全变成了边缘人。没人跟她说话，也没人给她好脸色。她像瘟疫一样，人人见而避之。

转眼到了冬天，高三那年特别冷，时不时就被冷风吹得直发抖。那天下了晚自习，一出来发现外面下雪了。雪花自由浪漫，跟我们不一样。被压抑的高三生活总算有了点姿色。

我打着伞走在回去的路上，在前方看到独自行走的吴丽丽。她还穿着秋天的外套，布鞋都露出了脚丫子。我想放慢脚步，离她远点，但看着她踱步在风里雪里，但还是加快了脚步。

我往她旁边一站，把伞的一部分打她在头上，然后挽着她的手臂，说："一起走吧。"她吃了一惊，转头发现是我，开心地笑了笑，也没说话。我们一起走着，互相挽着，这是我认识她 3 年来，第一次跟她有肢体接触。她身上没有难闻的味道，可能是冬天的缘故，异味分子都躲起来了。

我们安静地走着，雪也安静地下着。

直到快毕业时，吴丽丽突然跟我聊起了李强的事，她说："其实那晚我是有意跟过去的。因为我早就发现他们在谋划打他的事。我只是想帮他，并没有喜欢他啊。"

讲完最后一句，她还刻意强调下："我怎么可能喜欢那书呆子，书呆子也不可能喜欢我的咧！”

她说完就跑到卫生间，接着我就听到水龙头哗啦啦的水声。

06

吴丽丽的成绩一直不好，但也不是很差。她在学业上不用功，或许在她看来，学出头了也赚不到什么钱。她满心欢喜地等着高考快点结束，这样她就能早点毕业、早点出去赚钱了。

不过，经过一个暑假，9 月开学时，我得知她在南京一家专科学校读书。再后来我知道李强也在南京一所“985”大学。

我在武汉，她在南京，高中毕业后，我跟吴丽丽很少联系。大二那年，突然有个人加了我 QQ，验证消息是：我是吴丽丽。

我赶紧通过并点开她的空间，她的空间上传了一些奇怪的照片。每张照片里，她的脸上都涂着浓艳的脂粉，有些照片上还是妖艳的古装扮相。她比以前更胖了，脸上的肉更多了。

“哈哈，我是吴丽丽，总算联系上你了。”她给我发来第一句话。

“是啊，你这两年都忙什么呢？”我赶紧问下。

“没什么，嘻嘻，最近我在跟一个男的谈恋爱。”

“不是吧，你们怎么认识的，靠谱吗？”

“你也会说脏话了啊，哈哈。没见过面，就是在网上聊着。”

“这样啊，那你有跟他见面的打算吗？”

“暂时没有，我们现在都在网上聊。每天都会视频，他喜欢浓妆的女人，我那天还去照相馆拍了一套写真。”

这第一次聊天，话题就完全跑偏了。同性异性绝缘体的丽丽网恋了？一向土里土气的吴丽丽居然化妆了？我一度怀疑吴丽丽被盗号了，所以想了一个问题发给她："丽丽，你在那边见过李强吗？"

"见过，不过他没看到我，他谈恋爱了，跟他们学校的一个女生，长得还挺好看的。我那次在他们学校看到的。他当时搂着她，正好回头，我就跟在他不远处的后面，吓得要死，我赶紧转身，不知道他有没有看到我。"

她断断续续打了很多字过来。看不出任何情绪。我们闲扯着，也找不到新的话题。感怀过去，过去也不值得怀念。说说近况，也不知道如何说起。

她说我们班有许多同学都在南京读大学，她周末会去找他们。但他们都在忙，谈恋爱啊、参加社团活动啊，总是各种理由的忙，都没见成。

我说你什么时候来武汉玩吧。她说："武汉，有点远，路费太贵啦！"

从那次以后，我就没跟她聊过天，再过几个月，她的号就被盗了，经常收到一些莫名其妙的折扣促销消息。

此后很久，我们都没再联系。

07

大学毕业那年，高中班长把组织班级聚会的重任交给我。我从两个月前就挨个打电话通知。全班 70 个人，我都联系上了。当我辗转拿到吴丽丽的电话拨通她的号码时，手一直在发抖，我还在纠结开口第一句话要怎么说时，电话接通了。

“喂，你找谁啊？”一个男人操着我们老家的方言。旁边还有一个小孩子的哭声。

“你好，我找吴丽丽，我是她高中同学。”我只能这样开场。

“哦，等下，她在做饭，我叫她。吴丽丽，吴丽丽，电话哟，有人找你咧。”他叫得很大声，听口气和声音，挺莽撞的。他应该是把手机放到了桌上，我听到脚步声，听到男人哄着吵闹的孩子的声音。

“喂，你哪个呀？”吴丽丽接了电话，还是熟悉的声音。

“是我啊，哈哈哈哈，还记得吗？”我怕尴尬，故意嘻哈着。

“哦哟，想起来了，你这大忙人找我干吗啊，你是不是毕业了，现在在哪里发财啊，武汉还是老家？”

“不在武汉，也不在老家，在上海工作。”

“哎呀，真厉害，高中时我就觉得你会有出息，不一样啊。”

“我在组织班级同学聚会，你一定要来参加啊。”

“啊，我不一定有时间，走不开，要带孩子啊。”

我了解到，我们大四毕业那年，吴丽丽就已经是两个孩子的妈了。她大专没读完早早辍学，在家种了一年地，就嫁给了邻县一个男人。

“我男人，我……我……老公，腿不太方便，还要我照顾着，我估计是走不开。”她在电话里一直强调着。

我说：“嗯，没事的，到时候看你安排，我加下你的微信吧，以后多联系。”

“哎呀，我不会玩那个东西啊，家里就没人会的，我手机不能装微信，玩不来，哈哈。”

她在电话那头不好意思地笑了笑。我没再追问她的过去和现在。留下一句“以后常联系”就挂了电话。当然，以后我们再也没有联系过。

08

聚会那天，来了 42 个人，我们分成 4 桌。

李强带着漂亮的大学女友过来了，他们都留在南京工作。几个富二代在老家的各种局里上班，变得和善多了，主动给李强敬了一杯酒赔不是。李强摇摇头，说：“过去的就过去了，都在酒里，喝！”

我的室友们也变得成熟又大方，依然穿得光鲜亮丽、美艳动人。我们所有人共同举杯，开怀畅饮，歌颂着美好的让人怀念的高中时代。

只是，没有人再提吴丽丽。

We do not even have the loneliness

跨 年

年上，我给家里买了台网络电视，需要连上Wi-Fi才能正常使用。父亲兴奋，隔三岔五就骑行10千米到镇上，催促安装宽带的师傅赶紧过来。年底单子特别多，师傅说他每天村里村外跑着，拉网线能拉到凌晨两三点。我们也是在除夕夜，才盼来了他们。

师傅的汽车停在我家门口时，已是夜里11点，春晚都快结束了。外面黑漆漆的，还刮着大风，空中呼呼作响，树枝沙沙晃动，随时都能倒下。狂风吹起院子里的塑料袋、草屑等杂物，吹得人睁不开眼。又加上零下的温度，北方严冬的冷意让人畏惧。

我裹紧一件大棉袄就走出去。两个男人站在车后面，打开后备厢，开了照明灯，理顺手里的线。父亲跟其中一个胖一点的男人聊天。

“你大忙人啊，请你多少次，你才来！”

“哈哈！单子太多了，刚吃完饭就给你家来通了！”

“你这年底要赚发了！”

“哈哈，也就这几天了。”

胖师傅边笑边说，还不忘手里的活儿。我好奇网线怎么装，走上前去一探究竟。到后备厢处，我才留意到边上这个一直默默工作一语不发的男人。可能是因为他太瘦了，身上那件宽大厚重的羽绒服，松松垮垮的。领子上的帽子被他套在头上，裹得严严实实的，只露出两只小小的眼睛和一个红扑扑的鼻子。

“你不认识我啦？”我刚站过去，高瘦男人就转头跟我说话。外面太暗了，我根本看不清他的脸，更分辨不出他的声音。

我尴尬地站在一边，慢吞吞地回应道：“啊，你是……”

他看我没认出他，赶紧取下帽子，对我笑了笑说：“这下认识了吧！”

这回我看清他了，他很瘦，脑袋小小的，眼睛也小，鼻头倒挺大，脸红红的，嘴唇冻得微微发紫。即使这样，我还是没认出他是谁。我赶紧从人际圈里搜罗着，小学同学、初中同学和高中同学里都没有，村上的玩伴也不大记得了，那他究竟是谁？

为了避免尴尬，我只好说：“我这么多年不在老家，大家变化都很大，还是没想起来呀！”但我发现说完更尴尬了。

“哈哈，你是贵人多忘事啊！”他笑着说完转头继续干活去。

我站在边上，不知道该如何是好。我怎么会认识这样一个高高瘦瘦的男生呢？我们是怎么认识的？有过什么交集吗？

他在忙活着，我在思索着。风刮得越来越大，一吹我就发抖。

“估计你也想不起来了，我是安平啊！”他突然转头跟我讲了一句，微微笑着，带有一种自嘲的样子。

我一时间被这个名字击中，有那么点印象，这个名字曾经确实出现在我的过去里。只是我对不上这个名字和眼前这张脸，以及曾经的记忆。

为了不让他一次次尴尬，我假装应和他：“安平啊！原来是你，你都长这么高啦！变样了！”

“我孩子都两岁啦，嘿嘿！”他还是那样笑着。

“都当爹啦！老婆是哪里人呀？”我就这样随便问下去。

“也是我们县的。”说完他又接了一句，“你在哪里发财啊？”

“发什么财啊，在上海打工而已！”我打趣道。

“对象哪里的？怎么不带回来过年？”他倒是问起我的事情了，我跟他插科打诨，闲聊几句，就进屋给他拿扳手。

回到房间里，我跟三姐说了这事，她哎哟一声，跟我说：“安平是你小学同学啊，你不记得啦？就是你们班那个老实头，脾气好，经常被人欺负。他好像一直坐在最后一排的，成绩不好。他家就在我们村后。我跟他姐一班，你跟他一班。想想看？”

经三姐这么一说，关于安平的记忆，慢慢回到我的脑海里，一个两个画面串联起来，渐渐把那片空白填满。到最后，曾经的过往也横冲直撞扑面而来，一下子把我裹挟到早已淡忘的过去。

我跟安平小学同窗 6 年，几乎没跟他讲过几句话，因为他性格太过腼腆与软弱，印象中他永远坐在后排，坐得端正，腰板挺直，两只胳膊乖顺地放在课桌上，叠在一起。

他的脑袋小小的，一直听人说“脑袋越大的人越聪明”，小脑袋的安平无疑是笨的蠢的，每次老师叫他起来回答问题，他都是嗯嗯啊啊讲不出个所以然，引得哄堂大笑。他只好失落地坐下，又开始神游。那会儿他很矮，都没我高，不像现在这般高个子。

我想起一件事。五年级时，我因为到学校早，负责教室每天的开门，安平负责放学后的锁门。这个差事可是有名头的，我叫“开门长”，他叫“锁门长”，我们也算小半个班委。

有一天，我跟往常一样，第一个到教室，开了门进去后，看到黑板上乱七八糟地写了一些字。这是昨天最后一节课上，语文老师让我们自愿到黑板上写一句最喜欢的话。有人写“我爱爸爸妈妈”，有人写“不经历风雨怎能见彩虹”，我当时正喜欢听叶倩文的《潇洒走一回》，就上去大大方方地写下了这5个字。

同学们很是激动，搞到最后拖堂了，一放学大家背着书包就跑了。等我早上过来，发现昨天没人擦黑板。想到当天是我值日，拿起黑板擦就开工了，一句一句擦，擦一句读一句。

当我擦到黑板最左边角落的位置时，看到很小很小的一行字，小到几乎看不见，它们安安静静躺在那边，几乎很难被察觉，又丑陋又谦卑的几个字，上面写着：安平喜欢七七。我愣住了，班里只有我叫七七。

我赶紧跑到安平的座位上，掏出他的作业本，对照着字迹，发现黑板上的字迹确实是他写的。再细看那几个歪歪扭扭的汉字，若不注意，完全看不出来。我很紧张，赶紧擦掉，很用力地擦掉，不想被人看到。他来上课，我装作不知道，他也没任何异常。

这件事很快淹没在以后的日子里，几十年的岁月长河，这件小事显得太过微不足道，只是一次风起时的细小波澜，眨个眼的工夫就风平浪静。我跟安平几乎没有任何交集，到现在我都不知道那几个字是不是我看走眼了。

我裹紧衣服，拿着扳手出去，递给正在忙活的安平。

“班级前几名都不记得我这个老同学了，嘿嘿！”我一过来，他就跟我调侃。

“哎哟，说这话！平时我不大回来，也只有过年才能在家几天。”我也跟他说笑。

这时，风吹掉了他的帽子，他被冻得流鼻涕，看到他拖着一根长长的宽带线，往前方走，我跟上去，给他打手电筒，突然觉得他也挺苦的。

“你装宽带挺辛苦的啊，大年三十还过来。”说到工作，总是不容易的。

“没办法，先来学个手艺，等出师了，可以出去做。”

他拉着线，往隔壁有宽带线的人家走，走了 50 米左右，停在了一根高高的电话杆处，杆子上有各种接线，绕成一团。他手臂上绑着刚理好的线，三两下就爬上了杆子。这时风呼呼的，还有几只狗在叫，我的头发被吹得乱糟糟的，冷得往家里跑。

母亲知道是后村的安平过来装宽带，倚在门上，跟我说：“安平这人不错的，有一回我在村里诊所挂吊水，安平也在。知道我是你妈后，还一直夸你，说你聪明，成绩好，在班里数一数二。”

“啊，这样啊。”我跟母亲说着。

“是的，安平这小孩真不错。那回我在医院挂水忘记带钱了，还是他帮我给的。我去他家还给他，他不要。”

“还有这回事啊！”

“是的呢！好像是你读大学那时候，那次他还问你，你在哪里读书。人很好的！他读完高中就去苏州打工了，前几年回老家，跟小霍庄上一个女的结婚了，长得还挺好看的，生了一个儿子，都两岁了，只是……”

母亲说到这里，停了下来，抬头转向门口看了看，又回过头来，压低了声音，跟我讲：“只是他小孩身体不大好，经常去医院，也苦哦！”

听到外面有动静，我们马上住了嘴，不敢再说。不一会儿，安平和他的胖师傅走了进来，说外面的线都通好了，房间里装一下就没问题了。

灯光下，我今晚第一次看清安平，他还是像小时候，小脑袋小眼睛大鼻头，规规矩矩的，柔柔弱弱的。那种和气又卑微的神气，13 岁和 30 岁，是没有任何区别的。有些气质，岁月磨不掉，就真的跟本人一体了。

我们没再提小学的事，我确实也想不起来多少了。

“这路由器什么的，楼上也能有信号吗？”父亲一直忙前忙后，他过来问。

“有好的，也有孬的，看你要哪种。”胖师傅回。

“就好的吧，等会儿我把钱补给你。”我说完，让他们到里屋去，里面暖和点。

安平说：“算了，马上就好了。”

我把母亲做好的糕点给他吃，他说：“这个我吃不惯，倒是可以把糕点装回去，我家那口子喜欢的，嘿嘿！”说完还有点不好意思地笑了。

我帮他装好后，他说了声“感谢”，又问我：“你在上海工资多少啊？你那么厉害，应该不低啊。”

被他这样一问，我尴尬起来。多了少了都不好作答，只得说“没多少，混日子罢了”敷衍过去。

“读书出来的，总比我们这些穷打工的好呀！”他哈哈笑着。

宽带装好后，电视机里春晚已经播到准备倒计时的阶段了。他跟胖师傅准备走了。我一推开门，冷风就窜进身体里。等他上了车，车子立马就发动起来。

我突然想起，追过去说：“把路由器的钱给你。”

安平坐在副驾驶，他又套上他的帽子，笑了笑，谦虚又客气地说：“不用啦，老同学一场，谢谢你的糕。”说完他还把装着糕点的袋子拎起来摇了摇。

我说：“大过年的，早点回去休息，很晚了。”

这时已经开始倒车了，他声音变大，说了句：“今晚我们通宵。”

我问：“那你现在去哪里啊？”

他说：“下一家。”

车子终于开动起来，他也跟着车子消失在夜色中，带着刚刚被我想起的记忆，这并没有什么意义的记忆。

风还在刮着，气温也越来越低了。

回到家，我看了眼墙上的钟表，这时刚过 12 点。

鞭炮声响起，整个村庄热闹起来。

我这才反应过来，都忘了跟他说新年快乐了。

We do not even have the loneliness

男同学死了

李佳永死了。

张东知道这个消息时，正站在地铁里候车。这只是一个平常的工作日，早上 8 点通往漕河泾的 9 号线地铁某站，过去了 3 列车都没挤上。他又从人群中艰难地摸出手机，仔细确认了一遍。

李佳永确实是死了，死在了 100 天前。中秋节那天，他跟 2 个同事去游泳，不慎溺水身亡，留在了那条河里。

发通知的是高中同班同学周源。张东看到“周源”这两个字，一张坑坑洼洼的脸浮现在眼前，这个瘦高的身影，常跟李佳永玩在一起。

沉寂了几年的班级群突然炸开了锅，一男生直接问：“真的假的？开玩笑的吧？”又有人问：“不是吧？太突然了！”

发消息的周源没有回复，显然不愿多说。接着陆陆续续有人在群里点蜡烛，一根、两根、很多根，把屏幕点得通红通红，一场无声又盛大的追悼会在群里开始上演。

这时又过去了一趟车，张东终于前进了几步，紧靠车门站着，下一班车肯定能排到了。他推了推眼镜架，又把手机亮度调高，想把群里的消息看得更清楚一些。

“多么好的一个人啊，就这样没了。”班里一个女同学发了这句，配上两个大哭的表情。张东回想了好一会儿，说这话的究竟是谁呢？高中毕业十多年了，刚开始还能在每年聚会时跟老同学叙叙旧，把酒言欢。时间久了，他几乎跟所有人断了联系。现在向他提起一个同窗的名字，他都不能把名字跟一张清晰的脸对上号，不记得了。

“是啊，记得李佳永曾经还给我讲过数学题呢。”又一个女生出来说话，张东记得她，这姑娘当年坐在他前面一排。高中时她数学不太好，月考经常拉低总分，语文和英语成绩倒是比较突出。毕业以后她很少参加同学聚会，算起来他已经十几年没看到她了。据说她后来嫁给了南通一个生意人，张东整日在朋友圈看她晒包包和化妆品，甜蜜与幸福都要溢出屏幕了。不过前年她突然离婚了，很快跟另一个男人再婚。

“他真的很善良，对大家客客气气的。”学习委员也出来了，她说完，底下又是一番怀念。学习委员是班里男同学私底下评的班花，当年张东也曾默默欣赏暗恋过。班花成绩好，长相清秀，对人和气，很讨喜。只是班花高考没考好，上了一所省内普通二本，毕业后做过房产中介，卖过保险，朋友圈里贴满广告推广。昔日才貌双全的班花沦落成一个频发广告的微商，这让许多同学唏嘘不已。

“太突然了，怎么这样啊！”说这话的是一个男同学。张东点开他的头像，同学开车戴着墨镜的自拍，看不清脸，但张东还是认出了他。如果没记错的话，他是当初班里的一霸。那时候这个男同学喜欢搞小集体，排挤孤立过老实巴交的李佳永。但都是陈年旧事，年幼无知，不足记恨。班霸在外面混了几年，惹上了事，被父母花钱弄回来，回到老家后老老实实当起了公务员。

张东努力回想着李佳永，希望能找到一些可以怀念的过往。不过再三搜罗记忆网，也还是不记得跟李佳永之间，发生过什么可以拿来说道的故事。也就是枯燥苦闷的高中3年，在同一个屋檐下熬着，偶尔在厕所撒尿时碰上，不亲密也不疏离地点头，并没有什么惊心动魄的小插曲。

但李佳永的死，的确触动了他。

就像突然被告知失去了一样找不回的东西，这个东西看似可有可无，平时没大注意到，几乎不存在，可某天蓦然发觉时，竟已失去，还伴着一种难以言状的痛楚。只是过了几日，这东西又跟着痛苦一起消失了。

张东形容不出这种感觉。他并不是第一次经历同学去世。他读初中时，班里有个男生为帮一个不学无术的混混打架，在学校门口被人连捅了数刀，送到县医院抢救时已经死了。

这个消息传到教室那刻，人已经不在了。张东看向最后一排他的座位，书还在上面摆着，他恍惚间以为同学只是迟到了，等会儿就回来。

在张东的印象里，这个男生性子是鲁莽意气了些，但人总是善良的。在出事的前两天，男生还向自己借了5毛钱买圆珠笔笔芯。男同学说过几天就还，现在是永远等不到那天了。

张东那时很想去送送他，不过班主任那几日哭红了眼，险些被学校开掉，最后只让几个班委去追悼他。

男同学刚去世那段时间，班里沉闷压抑。没多久，一切恢复正常，欢声笑语又飘在了整个教室。大家主动避开这件事，再也不提。

时至今日，张东早就想不起来那个男生的名字，似乎马上能脱口而出，可话到嘴边又吐不出来。明明知道有这么个人曾经确实存在，然而碎片化的片段记忆终究撑不起来。那张脸渐渐模糊，留给他的只是已故男同学的一个肥胖的身型、一张圆圆的侧脸，乃至最后一排的课桌。

他知道，就像忘了那个男同学一样，过不了多久，他就会忘了李佳永的死，再过很久，他就会忘了李佳永这个名字和这个人。

往漕河泾方向的地铁又过来了，还是塞满了人，连挤进一个都很难。边上有人说是前方地铁出故障了。该死！张东在心里狠狠骂了一句，想到自己每个月交 1000 多元税来供养这帮人，更气了。

后面的男人抢先张东挤过去，跟里面的大妈推搡了几下，被大妈推了出来，没能挤进。车门就关了，男子只好退回来，等下一列车。

张东站在地铁门玻璃前，看着里面这个还有 2 个月就 32 岁的自己。十几年前，他也曾是坐在教室里的少年，跟当年的李佳永一样。

张东记得李佳永挺爱笑的，有一对浅酒窝，脾气很温和。李佳永数学也很好，每次走进教室都能看到他趴在课桌上做题。后来李佳永在附近小城读大学，毕业后，留在老家工作，做策划，拿着微薄的薪水。张东还知道一点，他是独生子。这是张东对李佳永所有的记忆。

那他自己呢？他试着去回忆在家乡读书的那几年。也曾享受过青春年少的高中时代，在那个农村中学，他凭借自己的努力考上了一所名牌大学，学了计算机专业。毕业后辗转来了上海，做着底层程序员的活儿，换了几份工作，现在在漕河泾一家互联网公司，薪水还算可观。

这期间，他认识了现在的妻子。妻子跟他背景相似（没什么钱）、三观相合（不怎么折腾），很快两人结婚生子。婚后这3年，他们搬了3次家。

也想过在上海郊区买一套小房子，但凑不出的首付让他们望而却步。也想过把攒下的三十多万元拿到老家买房，不过离了北上广，张东知道自己找不到合适的软件开发工作。他跟妻子商量着，先攒钱，等到孩子上学的年纪，如果那时钱够买房了，就留在上海，如果不够，就选二三线城市生活。

明确的计划，清晰的未来。张东也为了这个目标默默努力着。他不敢再随意辞职，一天不上班，就损失几百元。也没有什么特别花钱的嗜好。为了省下孩子的奶粉钱，他宁愿少吃一两顿大餐。他的生活单调乏味，千篇一律，跟全上海成百上千万人一样。

只是他有时候会想，生活就只能是这样吗？仿佛所有人都被教育着毕业后要走相似的路。是谁规定毕业后一定要用这种方式过一生的？不停地工作到退休，赚钱还房贷到老。跟一个人结婚，生孩子，成为父亲。

在老家，特别是在那群老同学面前，他是被羡慕的对象。名校毕业后，扎根在中国最发达的城市——上海，他是这个城市的精英。每次想到这里，张东就在心里冷哼一声：都是屁，也就是一个外来务工人员。

真正的精英是不挤早高峰地铁的。

张东翻开李佳永的朋友圈，想找寻一些过往。李佳永几乎每天都更新，最新的一条动态，停止在中秋节前一天。这3个多月，没有同学注意到他异常的停更。

每个同学都在自己的人生轨道上行走着，只是在高中交会了短暂的3年。大多数人做不到天长地久，几乎都是逢场作戏的短暂客套。谁都是一样的，张东也不例外。

张东退出来，刷着自己的朋友圈。一条条“老同学，一路走好，愿天堂没有意外！”铺满了整个屏幕。还有几个人讲着跟李佳永在高中的感人事迹，说得让人心酸。

但他知道再过几小时，朋友圈又会恢复往日的热闹。班花依然卖力地推销着她的保险，前排的那个谁谁晒着并不好看的浓妆，喜欢隐身的人还是会半年不发一语。每个人都很忙，有人忙着生，有人忙着死。只不过除了自己，别人的生死都是无关紧要的小事。

相识一场，最终却以这样的方式收场。张东认为，人跟人之间的交往，都是有时限的。

每个人在自己生命里停留的时间，都是有限的，时间一到，就得赶紧撤了。有人留给自己的是一两秒的匆匆一瞥，有人却是长达一生的漫长陪伴。李佳永在他生命里存在了3年，也只有3年。就这样了，也只能这样了。

地铁终于来了，张东不想再等了，他站在黄线边，后面排着一条长长的队伍，左边和右边也有一排，放眼望去整个站点皆是排队等待上车的人。

当屏蔽门打开后，一群人下了车，他作为后来的另一群人，冲到车上。他什么也没想，拼命挤了上去。好像错过这次，就完了。他跟后面的人一起挤，里面的人开始叫唤："别挤了！别挤了！"张东心想，我也不想挤这该死的地铁啊，我也没办法啊。

他总算找到了一脚之地，在车厢里站稳了。此时里面人挨着人，背贴着背，他根本没法动弹。他周围的人也没法动弹，似乎所有人达成了共识，就这样站着，麻木地站着，直到忍耐到各自要到达的终点。

几声提示音后，车门就关上了，张东站在人群中，看着一张张跟他相似的脸，舒了长长一口气。

地铁终于开了，走了。载着张东，载着整车人，走向庸碌的日常。

张东那一刻在想：曾经的那个男同学，确实是死了。